문장의 조건

문장의 조건

아직 쓰여지지 않은 글

민이언 지음

다반
일상의 책

프롤로그
오류를 경유하는 문장

누구나가 예술가적 자아에 대한 열망을 지니고 있고, 그 접근성이 가장 용이한 영역이 사진과 글이란다. 요즘은 그 둘이 결합된 메커니즘에 기반한 일상을 게재하는 시절이기도 하다. 글쓰기에 관한 저서들과 커뮤니티 그리고 출간의 플랫폼도 다양해진 시절, 가끔씩 블로그 댓글이나 메일로 글쓰기에 관해 물어 오시는 분들이 있다. 이미 많은 지침서를 읽고서 건네 온 질문이었을 터, 만족할 만한 대답을 드리는 일은 나의 역량 밖의 영역인 것 같다.

얼마 전에는, 대학교 후배가 운영하는, 글쓰기와 독립출판을 연계하는 커뮤니티에 글쓰기 강의를 요청받은 적이 있다. 책과 관련해 몇 번 강연의 자리에 참석해 보니 내가 참 강연을 잘 못하더라는, 괜한 너스레를 떨며 에둘러 사양을 했다. 그 이외의 내가 도울 일이 있으면 언제든 연락하라는 약속을 대신…. 글쓰기에 대한 교수법에 대해서는, 솔직히 나는 잘 모르겠다. 내 자신이 어떤 체계를 통해 공부한 경우가 아니라서…. 또한 니체의 계열을 좋아하는 성향 탓인지는 몰라도, 나는 체계적 회로에 대해서는 긍정적이지 않은 편이다.

좋은 책을 쓸 수 있는 규칙이 무엇인지는 아무도 모른다.
— 윌리엄 서머싯 몸

세기의 문인으로 기억되는 작가도 저렇게 말하는데, 내가 뭐라고…. 내가 쓴 글도 항상 만족스럽지 못한 이유로, 글쓰기에 대해서 이런저런 이야기를 늘어놓을 깜냥도 되지는 못하고, 또한 개인적으로 글쓰기는 혼자서 깨치는 과정이라고 생각하는 입장이라….

지금까지 주로 철학에 관한 책을 출간했기에, 철학자들의 어록과 철학서의 구절들을 인용해 신뢰도를 제고해야 하는 경우가 많았다. 그렇다 보니 서머리 노트에 그것들을 그러모으는 일이 습관화가 되어 있다. 어느 날 다반 출판사 대표님이 철학자들의 어록들로써 원고를 진행해 보는 것이 어떻겠냐는 제안을 해왔다. 그 연장에서 글쓰기와 관련한 어록들을 모은 원고에 관한 이야기를 넌지시…. 나보다는 월등한 역량들의 견해를 건네는 기획이니, 내가 겸연쩍어 할 성격은 아니지만, 문제는 다른 것이었다.

인문학사의 거점이 되는 이들이 삶으로써 체득한 글쓰기 철학이지만, 표현이 다를 뿐 의미는 대동소이한 경우가 많다. 많이 써보고 열심히 써보라는…. 따라서 단행본의 분량으로 완성이 될 수 있을까 싶은 의구심에, 처음엔 선뜻 확답을 건네지 못했었다. 그런데 그 '대동소이'들이 직접적으로 수사(修辭)에 관해 언급하고 있는 경우는 드물다. 도리어 삶으로부터 괴리된 '글로 머문' 생각과 글쓰기를 위한 글쓰기는 경계한다. 하여 '쓴다'를 '산다'의 관점에서 살피는, 문장의 조건은 곧 삶의 조건이기도 하다는 방향성으로, 우리가 살아오면서 그 이름을 한 번쯤은 들어 봤을 철학자와 문인들의 범주로 좁혀 진행한 결과이다.

　이렇게 쓰는 글이 반듯한 형식이고, 저렇게 쓰는 글은 비문이라는 식의 이야기를 적은 원고는 아니다. 저들이 말하는 글쓰기란 단지 기술(技術)로서의 기술(記述)이 아닌, 삶의 총체성으로 다가서야 하는 문제이기에…. 싸움을 잘하는 방법은 어떻게 습득이 되는 것일까? 이런저런 지침들을 따라 정권을 단련하고, 체력을 기르고…. 그러나 그 모든 전투력을 운용하는 센스는 직접 싸워 보면서 맞아 보면서 트레이닝이 되는 것이다. 글쓰기의 방법론도 그렇지 않을까? 지침들의 도움을 받을 수는 있겠지만, 결국엔 서툴게라도 직접 써보면서 좋지 못한 품평도 받아 보면서 자신의 문체를 정

립해 가는 미완의 문장들이 모여 '페이지'가 되고 '권'
이 되는 과정일 터, 스스로 골몰한 흔적들에 이미 잠
재되어 있는 성격이다.

많이, 그리고 열심히 써보는 수밖에 없다. 그러다
보면 어느 순간부터 자신의 얼개가 대충은 보이기 시
작한다. 무언가 부족해 보이는 곳에 채워 넣어야 할
무언가가 떠오르지 않아 고민인 것이지, 여기저기 산
재해 있는 구멍들은 보이기 시작한다. 어느 노시인이
삶의 끝자락에서 내뱉은 말이 '시를 모르겠다'였듯,
실상 경력이 많은 작가들도 여전히 그런 번민과 환멸
의 결여 속에서 글을 쓴다. 자신이 쓴 글을 돌아보며
만족하는 작가들이 있다면, 그게 더 못 미더운 일 아
닐까? 작가에게 있어서 글을 대하는 태도란, 곧 삶을
대하는 태도이기도 하기에….

각운 하나 찾기 위해 거리 구석구석을 누비고
돌부리에 채이듯 낱말에 발이 걸려 휘청한다.
가끔은 옛날에 꿈꾸던 시행과 마주친다.
　　　　　　— 샤를 피에르 보들레르, <태양> 中

도시의 거리를 시의 활동무대로 삼았던, 보들레르
의 어느 시구절로 대신할 수 있을까? 결코 이상에 닿
지는 못해도, 또 이상이란 것이 안목의 성장과 더불

8

어 항상 뒤로 밀리기 마련이기에, 그 이상에 닿기 위한 부질없는 노력으로 날이 가고 달이 가는 글쟁이들의 삶. 그러나 또 그 이상을 향해 걸어가는 와중에 채이는 걸음들이 모여 '페이지'와 '권'을 이루고, 그러다 보면 가끔씩은 정말 마음에 드는 문장도 쓰여지고…. 세상 모든 일이 그렇듯이 일단 계속 앞으로 걸어 나아가다 보면, 한 걸음 한 걸음 내딛었던 발자국들 뒤로, 내 삶의 문체와 마주친다. 그것들 중 숱한 걸음은 잘못 들어선 길에서의 오류였을망정, 또한 지금도 오류 속을 헤매고 있다고 느낄망정, 삶과 마찬가지로 그 오류의 여정을 경유하는 문장의 조건이기도 하다.

차례

I. 쓴다. 고로 존재한다.

존재론적 글쓰기

나는 글을 씀으로써 존재했고, 내가 존재한 것은 오직 글짓기를 위해서였다. '나'라는 말은 '글을 쓰는 나'를 의미하는 것이다. 나는 기쁨을 알았다.

— 장 폴 사르트르

사르트르 철학에서의 '지향성' 개념으로 부연하자면, 우리는 각자의 결핍대로 세상을 인식하고, 그것을 채우는 방향성으로 존재한다. 하여 '존재는 無'다. 글에 관한 욕망을 지닌 존재들이라면, 이미 어떤 식으로든 글을 쓰고 있을 게다. 글에 관한 대화를 나누는 것에 머무르며, 글쓰기 커뮤니티 자체를 즐기는 것에 그친다면, 그들의 궁극적 결핍은 글이라기보단 말을 나눌 수 있는 누군가인 것이다.

글쟁이는 외로움을 각오하는 것이란 박완서 작가의 말, 글쓰기라는 게 어차피 종국엔 각개전투다. 어느 정도의 외로움은 등에 지고서 몰두해야 하는 일상, 그런 결핍까지가 작가로서의 조건인지도 모른다. 오롯이 스스로에게 전념하는 동안 자신에 관한 것들이 보다 선명해지기도 하고⋯.

그는 자신이 무엇인지를 증언해야 하는 자다. ⋯ 인간은 그 자신의 존재를 입증하는 것으로 존재하는 자다.
— 마르틴 하이데거

왜 그것을 할 수밖에 없는가? 이 질문에 대한 대답은, 그것이 사기 존재를 해명할 수 있는 방법론이기 때문이다. 정신분석 계열의 철학에서는 예술가적 자아에 관한 담론으로까지 확장한다. 누군가에게는 글쓰기가 그런 존재론적 의미일 수도 있겠다는 생각이 드는 요즘. '요즘'으로 표현하고 있다는 건, 이전까지 내게선 그런 성격이 아니었다는 의미를 내포한다. 분명 나도 별 다르지 않은 시작이었을 텐데, 어느 순간부터는 그런 존재 의미를 잃어버린 채 기계적으로 쓰고 있었던 것 같다. 그렇듯 시간의 누적이 스킬의 숙련도를 증명할 수는 있어도, 반드시 콘텐츠의 심도로 이어지는 것도 아니다.

하이데거 철학에서의 '존재' 개념은, 존재하는 것들의 가치체계를 매개하고 있는 존재 근거이다. 우리는 그것을 토대로 저마다의 세계를 지어 올리고, 또한 그

17

렇게 지어 올린 세계가 다시 가치체계의 토대로 순환한다. 하이데거는 그 순환의 상태가 개개인이 영위하는 시간의 결대로 반복된다는 이야기를 하고 있는 것이다. 그 증상으로서의 언어, 하이데거는 '존재의 집'이라고 표현하지 않았던가. 무엇을 쓰고 있는가는 그자신의 존재를 드러내는 일이다. 또한 내게서 반복되고 있는 시간의 누설이기도 하다.

소설가의 고래사냥

일주일쯤 있다가 뉴욕에 가서 3층에 방을 하나 얻은 다음 그 방에 틀어박힐 것이다. 내 '고래'에 몰두하기 위해서….
……
작업을 끝내려면 그것이 유일한 방법이다, 온 사방이 신경을 거슬리게 하는 것들 천지다. 항상 글을 써야만 하는 사람에게 고요함과 차분함, 잔디 자라는 소리조차 들리지 않는 공간이 필요하다.

— 허먼 멜빌

허먼 멜빌이 《모비 딕》의 초고를 작성하던 시기의 심정이다. 어떤 상황에서도 집중력을 발휘하는 작가로서의 역량을 따져 물을 수도 있겠지만, 고립을 자처하면서 글을 쓰는 방식은 여러 작가들의 자전적 회고에서 발견되는 공통점이기도 하다. 우리나라에서는 대표적인 경우가 집필의 시간 동안 방문을 밖에서 걸어 잠그게 했던 이외수 작가이지 않을까? 춘천에서는 작가 자체가 명물이기도 했지만, 격리의 상징이라는 듯 교도소 철문으로 여닫는 집필 공간이 작가 못지않게 유명했었던….

이도 아직은 문인들의 괴벽이 낭만으로 추앙받던 시절에나 가능했을 풍경이다. 또한 나중에는 그런 철문이 없어도 될 만큼의 내공을 지니게 되었다는 이외수 작가의 소회로 살펴본다면, 멜빌의 경우도 다소 과민한 작가주의였는지도 모르겠다. 그러나 고립과 격리 자체는 작가에게 필요한 시간이기도 하다. 멜빌은 선원으로 지낸 경험에, 근처 공립 도서관에 틀어박혀 고래에 대해 연구한 시간을 더해 《모비 딕》을 완성했다. 단순히 문학적 상상력으로만이 아닌, 철저한 검증을 통해 고래와 뱃사람에 관한 이야기를 써내렸던 것. 그런 검증의 작업을 글쓰기 커뮤니티를 통해 함께할 수는 없을 터, 스토리에 완벽을 기하려 해도 홀로 견뎌 내는 시간이 필요한 법이다.

멜빌은 부유한 가정에서 태어나 귀족적인 교양을 누리면서 자라났다. 그가 13살이 되던 해에 아버지가 사망하면서 가세가 기울었고, 청년 시절에는 대공황까지 덮치면서, 돈벌이를 위한 이런저런 직업의 현장들을 전전할 수밖에 없었다. 그중 하나가 스무 살 즈

음부터 시작된 선원으로서의 이력이다. 몇 년간의 항해 경험은 《모비 딕》에 그대로 녹아들었다. 거친 뱃사람들의 이야기를 다루었으면서도, 시처럼 아름다운 소설이라는 평이 있는 걸 보면, 어린 시절에 겪은 아비투스가 그의 문체로 녹아들었던가 보다. 그러나 처음에는 대중들의 반향을 얻지 못했고, 60년의 세월이 흘러서야 19세기 미국 문학에 도래한 르네상스로 재평가를 받게 된다.

길은 두 가지이다. 처절히 겪든가, 철저히 연구하든가. 그러나 역사 속의 거장들은 대개 처절히 겪으면서 철저히 연구하는 하나의 길을 택했다는….

삶의 진정성

가난한 사람, 모든 사람이 다 이야기하지만 정작 자신
은 항상 말이 없는, 그 착한 가난뱅이인 누군가에게 마
침내 뭔가를 말하게 하는 것. 그것이 바로 내가 시도해
본 것이다.

— 알베르 카뮈

　　많은 문인들이 소외된 계층을 작품의 주인공으로
내세우지만, 실상 소설 속의 처절한 삶을 살아가는 이
들이 '자신의 목소리'를 쏟아 내는 경우인가가 의심스
러울 때가 있다. 소외된 자들의 사유와 화법이라고 하
기엔 다소 지성에 대한 강박처럼 느껴지는, 과연 소외
된 자들의 목소리인지 아니면 작가 자신의 목소리인
지가 애매한 페이지들. 과연 실생활에서 그런 현학적
인 문장들로 생각하고 말하는 이들이 있느냐 말이다.
그것이 누군가가 매일같이 마주하는 삶의 한 자락에
대한 표현일까? 인문학적 보편성을 갖추지 못한 작가

들이 쏟아 내는 삶과의 괴리감일까?

영화는 그나마 배우에게 캐릭터를 맡긴다. 그래서 개연성이 다소 부족한 스토리도, 배우의 내공으로 구원이 되는 경우가 있다. 그러나 소설의 캐릭터들은 작가 자신의 지평을 그대로 반영한다. 그런 이유에서라도, 작가는 글에 대한 경험만큼이나 삶에 대한 경험도 많아야 하는 것이 아닐까?

실존철학의 시대를 살았던 문인들은 대개가 다 철학자이기도 했으며, 행동하는 지성이었다. 특히나 카뮈는 생긴 것과는 달리 고생 오지게도 했던, 문학사와 철학사 양쪽에 자신의 키워드를 남긴 지성이다. 집안은 가난했고 빈민가의 위생적 조건은 열악했던 터, 각혈을 달고 사는 천재의 전형이기도 했던 카뮈는, 17세의 어린 나이에 자신이 일찍 죽을 수도 있겠다는 생각에 사로잡힌다. 실제로 그를 진단한 의사도 사망 가능성을 넌지시 건넸다. 아이러니하게도 죽음을 직면하게 된 그 시기가 문학에 관한 소명과 철학의 기틀을 마련해 준다.

삶의 절망, 그러나 그 절망에도 불구하고 여전히 살아가게 하고, 되레 거기서부터 다시 지어 올릴 무언가를 찾게 하는 삶의 희망. 카뮈의 주된 주제이기도 한 '부조리'는 그가 직접 겪어 낸 세월의 효과이다. 하여 그의 진정성으로 써내린 글에는 상투적인 위로와 조언은 없다. 직접 사는 것과 그저 아는 것의 차이이기도 하다. 삶이라는 것이 어디 상투적인 다짐만으로, 그처럼 상투적으로 살아지기나 하는 시간이던가. 철학에서 말하는 피투(被投)이니 기투(企投)이니 하는 구분이 무의미할 정도로, 전투적이야 할 순간도 다반사인 우리네 삶이기도 하다.

예술에 도달하려면 삶으로의 우회가 필요했다. 예술을 알기 위해서는 우회해야 할 그 무엇이 필요했던 것이다. 그러니까 예술은 삶을 부정할 수 없다는 말이 된다. 예술은 설령 그 예술 자체를 돋보이게 하는 배경으로서라도 삶을 전제로 한다.

— 알베르 카뮈

철학자와 예술가

존재란 허망한 것이거나 영원한 것이다. 만일 도스토예프스키가 이 검토에서 만족했다면 그는 철학자가 되었을 것이다. 그러나 그는 이와 같은 정신의 유희가 인간의 삶 속에 가질 수 있는 결과들을 밝히며, 바로 이 점에서 그는 예술가인 것이다.

— 알베르 카뮈

카뮈의 키워드인 '부조리'는, 허망한 것을 알면서도 또 그것에 의지해 살아갈 수밖에 없는 모순의 문제이다. 그 부조리를 현실로 맞닥뜨리는 순간엔 너무도 처절하지만, 그것을 문학으로 다룰 땐 아름답기까지 하다. 철학사보단 문학사의 거점인 '이도류'이니, 철학보다 문학에 더 무게를 실어 주는 듯한 어록의 뉘앙스도 당연한 것인지 모르겠다. 어쩌면 저런 관점이 시대의 라이벌로 묶이는 사르트르와의 차이이기도 할 것이다.

개인적으로는 소설을 쓰고자 하는 욕망을 대신 해명해 주는 어록이기도 하다. 철학만 읽다 보면 종종 회의감에 사로잡힐 때가 있다. 내 요즘이 다시 그런 사이클이다. 도대체 뭘 쓰고 있는 것인지, 도대체 뭘 써야 하는 것인지…. 이럴 때 소설이 쓰고 싶어진다. 논리가 가득한 이야기보단, 꿈처럼 아득한 이야기를 써내리고 싶은 욕망. 그런데 이도 시장을 봐가면서 써야 하는 입장이다 보니, 출판사 대표는 곤혹스러워하는 이야기.

누구나가 예술가적 자아를 지니고 있다. 질기게 들러붙는 권태와 허무를 따돌릴 수 있는 승화방략이 누군가에게는 글쓰기일 테고…. 그런데 글에 치이고 사는 사람들에겐, 그도 일상과 이상의 성격으로 나뉜다는….

매일같이 쓰기

작가는 우물과 비슷해요. 우물은 작가들만큼이나 여러
종류가 있죠. 중요한 건 우물에 깨끗한 물이 있는 거고,
그러자면 우물이 마르도록 물을 다 퍼내고 다시 차기를
기다리는 것보다 규칙적인 양을 퍼내는 게 낫습니다.
— 어니스트 헤밍웨이

　　날을 잡아서 막대한 분량을 써내리느니, 단 몇 시
간에 불과하더라도 매일같이 글을 쓰는 게 낫다는 헤
밍웨이의 견해. 실상 우물은 퍼내는 만큼 다시 차오른
다. 되레 잘 사용하지 않는 우물이 마른다. 작가가 되
고 싶은 이들에게, 매일같이 글을 써보는 것 이외의
다른 효율적 방법론이 있을까? 날을 잡아서 막대한 분
량을 써내리는 것도, 평소에 자주 써본 이들에게서나
가능한 지구력이다.
　　글쓰기 관련 저서들에 적혀 있는 방법론들은, 그냥
자주 쓰다 보면 자연스레 체득이 되는 문제이다. 더군

다나 읽은 것들이 그대로 쓰기의 능력으로 전환되는 것도 아니고, 무작정 쓰다 보면 되레 그 내용들이 권고하는 일률화에 반박할 수 있을 개인의 문체가 정립되기도 한다.

거장으로 기억되는 많은 이들의 회고 속에도 매일 같이 썼던 날들이 자리하고 있다. 아직 그렇지 못한 이들에게 보다 많은 시간이 요구되는 건 당연한 일 아닌가? 그런 상식 너머에 뭔가 속성의 방법론이 있을 것이라는 기대 자체가 훌륭한 작가를 꿈꾸는 이로서의 바람직한 태도는 아닐 터, 차라리 긴 시간에 걸친 시행착오의 스토리텔링까지가 필요조건인 것은 아닐까?

글쓰기의 어려움

글쓰기는 언제나 어려웠고 가끔은 거의 불가능했다.
— 어니스트 헤밍웨이

　개인적으로 중간에 필명을 바꾼 이유이기도 하지만, 예전에 쓴 글월들을 돌아볼 때면 항상 창피하다. 물론 그 순간에는 내 지평 안에서 쓸 수 있는 최선이었지만, 도대체 그땐 무슨 생각으로 그렇게 썼을까 싶다. 그런데 또 이런 반성들로 잇대고 덧대는 발전의 과정이기도 하다. 그때 쓴 글들이 지금도 만족스럽다면, 되레 지금의 지평까지 의심을 해봐야 하는 일이 아닐까? 지금 써내리는 글도 실상 어떻게 쓰여지고 있는 것인지는 또 알 수 없는 일이다. 하물며 어떤 자긍심을 느끼는 경우에야 말할 것도 없고….

　헤밍웨이가 저럴진대, 헤밍웨이가 아닌 이들이 저러지 않는 것도 뭔가 이상하지 않나? 하긴 헤밍웨이가 아니라서 그러는 것인지도 모르겠다. 적어도 이 어록에 따른다면, 쉬운 글쓰기를 표방하는 사람들이 훌륭한 작가의 조건은 아닐 터, 그가 무엇에 관해 쓰기에 쉬운 방법론을 체득했는지도 함께 살펴야 하는 일이 아닐까? 이는 작곡가나 화가들이랑 이야기를 나누어 봐도 마찬가지이다. 영감이 떠올라서 한 번에 써내리고 그리는 작품이 있는 것뿐이지, 그 한 번의 영감이 찾아들기 전까지는 내내 고민을 거듭하는 일상이다. 윤동주 시인에게서 〈쉽게 쓰여진 시〉가 쉽게 쓰여진 순간은, 글과 삶에 관한 얼마나 처절한 고뇌 속에서였던가 말이다.

앎과 모름의 역설

작가라는 직업은 아마도 많이 하면 할수록 더욱 힘들어
지는 유일한 일인지도 모릅니다. 그날 오후(첫 작품을 쓰
던 시절)에는 자리에 앉아 쉽게 단편소설을 쓸 수 있었
지만, 지금은 한 쪽을 쓰기도 얼마나 힘든지 모릅니다.
…
쉽게 쓴다는 면에서 첫 작품을 쓸 때와 지금은 비교가
안 됩니다. 제가 얼마나 글을 쓸 수 있을지, 어떤 것을
쓰게 될지 전혀 모릅니다.
　　　　　　　　　　　— 가브리엘 가르시아 마르케스

　　원이 점점 커지면 그 원의 둘레가 공간과 맞닿는 면
적도 점점 커지게 된다. 원은 내가 아는 범주이고 공
간은 내가 모르는 범주이다. 원둘레와 공간이 맞닿는
면적은 깨달음의 크기이다. 원이 커지면서 모르는 범
주와 맞닿는 공간도 커진다. 알면 알수록 더 많은 모
르는 것들이 생겨나게 된다는 아인슈타인의 비유이

다. 과학 지식에만 한정되는 비유는 아닐 터, 또한 마르케스의 견해처럼 작가라는 직업에만 유효한 경우도 아닐 게다.

모르던 시절에야 뭘 모르고 있는지도 모르기에 차라리 무모하고 확신에 차 있을 수도 있었는데, 그 숨겨진 결여를 깨닫기 시작한 이후로는 어떤 것에도 확신으로 다가서지 않는다. 알면 알수록 더욱 커져 가는 불확실성의 역설, 언제나 그 언저리를 맴돌 뿐 결코 만족스럽지 않은 글쓰기는, 언제나 '그럭저럭'에 머물러 있을 뿐이다. 한참의 시간이 지나서 다시 살펴보면, 그럭저럭보단 조금 더 괜찮게 써놓았든가, 그럭저럭에도 미치지 못하게 써놓았든가이다.

삶에 대한 감각도 그렇지 않던가. 대개 잘 모르는 이들이 더 확신에 차서 떠들어 댄다. 자신이 뭘 모르고 있는지에 대해 모르고 있기에⋯. '무지의 열정'이란 것도, 무엇이 될지는 아직 모르지만, 그렇기에 무엇도 될 수 있는 불확정적 잠재성으로 덤벼드는 경우에나 납득해 줄 만한 영점(零點)이다. 그러나 우리 주변에 흔한 무지의 일반성은, 알지 못하고 이해하지 못하는 것에까지 자기확장적 진리로 뻗어 나가는 증상이다.

자존감과 자괴감 사이

> 한 문장에서 반복되는 말이 있어 그것을 고치려다 보면
> 그 말이 워낙 고유해서 문장 자체가 엉망이 된다는 것
> 을 알게 된다. 그대로 두어야 한다. 그것이 특징이다.
> — 블레즈 파스칼

> 일관성은 상상력 없는 자들의 마지막 피난처이다.
> — 오스카 와일드

몇 번을 고쳐 봐도 작가는 발견하지 못하는 오타
들이 있다. 매 원고마다 반복되는 같은 단어로의 오타
들도 있고, 시기별로 나타나는 반복들도 있다. 그만큼
자주 애용하는 표현들의 흔적이기도 하다. 내 경우로
예를 들어 보자면, 지금까지 써내린 문장의 마지막 부
분을 '흔적이기도 한다'로 자주 오타를 내는 편이다.
오타를 통해 내가 '~이기도 하다'와 '~한다'로의 마감
이 빈번하다는 사실을 깨닫지만서도, 깨닫기만 할 뿐,

다른 식으로 고쳐 보려 해도 잘 안 된다. 언어 습관 속에서 무의식적으로 길들여진, 가장 안정적으로 느끼는 리듬의 음절이기 때문이다.

그럼에도 클리셰와 루틴을 무너뜨리기 위한 노력 또한 매번 반복된다. 한곳에 고여 정체된 느낌이 들어서, 어떻게든 어제의 관성으로부터 '차이'를 발생시키는 오늘이어야 하지 않을까라는 생각에, 최대한으로 고쳐 써본다. 상황이 이렇다 보니 출간의 경력이 늘어날수록 국어사전을 펼쳐 보는 순간들이 더 잦아진다. 같은 의미의 다른 표현들이 뭐가 있나 싶어서, 결국엔 다른 무언가를 찾아내지 못하더라도 한참을 뒤적뒤적. '작가는 다른 사람들보다 글쓰기를 어려워하는 사람'이라던 토마스 만의 정의는 그런 의미이기도 할 게다. 어느 순간에는 내 글만큼이나 지루하게 읽히는 글도 없다. 그렇듯 글쓰기란 언제나 자존과 자괴 사이에서의 줄타기다. 그러나 다른 말로 하자면, 최소한의 반성적 거리는 확보되어 있는 나름의 메타 지평이라는 거.

또 제 버릇대로, 들뢰즈의 철학으로 부연하자면, 내게 '반복'되는 것들은 남들과의 '차이'를 유지하는 나의 정체성이기도 하다. 그러나 또한 지금의 상황과는 다른 '차이'를 향해 진일보하는 '반복' 속에서 내게 잠재되어 있는 것들이 드러나기도 한다. 하여 파스칼과 와일드의 어록이 꼭 대척의 성격인 것만도 아니다.
차라리 차이와 반복의 효과이자 결과로써의 글쓰기라
는 해석이 보다 발전적이지 않겠나?

어제와 오늘, 그리고 내일

··· 우리들이 오늘 소유하고 있는 지식이 어제와 다르기
때문이다. ··· 내가 나라는 자아에 대하여 글을 쓰고 있
는 것은 결코 그 자아에 대한 '최후의 응답'이 아니다.
내가 성실하면 할수록 나는 그만큼 더 다양한 해석의
여지를 갖는다.

— 롤랑 바르트

정신분석에서 말하는 자아와 주체는 다소 차이가
있는 개념이다. 자아는 나를 둘러싼 조건들에 의해 결
정(結晶)되는 결과이다. 때문에 정체성의 혼란을 겪는
것이기도 하고, 확립을 위한 노력을 기울이는 것이기
도 하고···. 그렇듯 자아는 변화의 가능성을 지닌, 조
건절의 영향을 받는 '주어'이다. 들뢰즈의 표현을 빌
리자면, 존재론적 지위가 아니라 문법적 지위이다.

문제는 한번 확립된 자아에게선 대개 변화의 의지
를 찾아볼 수 없다는 것. 책을 읽어도 자신이 좋아하

는 문체와 장르만으로 일관한다. 나름대로 다양성을 제고해 보겠노라 무라카미 하루키에 향하던 관심을 히가시노 게이고에게로 돌려 본다. 그러나 정말 다양성을 고민한다면, 한 번쯤은 가라타니 고진의 철학을 집어 들어야 하는 것이 아닐까?

한정된 범주 내에서의 변주만을 꾀할 것이 아니라, 범주의 경계 자체를 열어 놓는 것. 그런데 말처럼 쉬운 일이 아니라는 사실은, 당신의 책장에 꽂혀 있는 책들의 일관성으로 증명되기도 한다. 그렇듯 지평이란 게, 나의 지금으로선 기껍지만은 않은 결에 대해서도 진득하니 살필 줄 아는 성실도에 따른 결과이다. 그로부터 우리에게 다가오는 내일의 성격도 바뀌는 것일 테고….

작가로서, 편집장으로서

**나는 한 권의 책을 책꽂이에서 뽑아 읽었다. 그리고 그
책을 꽂아 놓았다. 나는 이미 조금 전의 내가 아니다.**

— 앙드레 지드

　단 한 편도 시청하지는 않았는데, 드라마 〈시카고
타자기〉에서 이 지드의 어록이 인용되었던가 보다.
남들도 쓸 수 있는 글이라면 차라리 쓰지 말라고도
한 지드였던 바, 다독을 권고하는 의미로 받아들이기
보다는, 출판사 편집장이기도 했던 입장을 감안하고
서 읽어야 할 어록인지도 모르겠다. 다반 대표님이 내
게 편집장의 업무를 제안했을 때, 기꺼이 받아들인 이
유가 앙드레 지드이기도 했다. 작가인 동시에 편집장
이었던 그가, '벨 에포크' 시대를 상징하는 모델 같아
서…

　요즘 어린 친구들 사이에선 흘러간 시대를 풍미했
던 가수들의 옛 무대를 시청하는 뉴트로 감성이 유행

이란다. 그런 유행이 도래하기 한참 전부터, 가끔씩은 유튜브에서 소방차와 김완선의 영상을 찾아보곤 했다. JYP가 모든 문화의 황금기라고 칭한 80년대, 팝의 장르 또한 포스트 모던의 기치로 폭발한 시기였기에, 복제와 아류의 수준일망정 한국의 음반시장도 지금보다는 다양성을 갖추고 있었던 것 같다.

지금의 감각에서는 다소 촌스러울 수도 있는 풍경임에도, 오늘날의 청춘들은 그 레트로들을 통해 되레 지금의 시절에 향유할 수 없는 풍요로움을 대리만족하는 것이 아닐까? 이젠 드라마에서도 낯설지 않은 타임 슬립으로의 설정도 같은 맥락이라는 생각이 든다. 치열하면서도 권태로운 삶의 역설을 해명하기에는, 많이 팔려 나가는 유용한 지식일지언정 스토리텔링으로서의 매력도는 다소 떨어지는 '4차 산업혁명'의 키워드가 지금의 시대를 대변하는 치열과 권태이기도 하기에….

조만간 서점가에서도 카뮈와 사르트르를 다시 읽는 뉴트로의 분위기가 일지는 않을까 하는 기대로, 지금은 고전으로서의 철학과 문학에 집중하고 있다. 실상 내 경쟁력이 그것들을 활용하는 사례밖에 없기도 하다. 작가로서나 편집장으로서나….

변별과 특화, 혹은 특별

끈기 있게든, 초조하게든, 그대를 가장 대치 불가능한 존재로 만들라.

　　　　　　　　　　　　　　　　— 앙드레 지드

　　매번 작가 소개란에 반복하는 '니체를 사랑한 한문학도'라는 문구는, '비보이를 사랑한 발레리나'를 패러디한 경우이다. 역설, 혹은 부조화라고나 할까? 여하튼 그렇게라도 내 정체성을 붙박아 뒀으니, 니체에 관한 책은 하나 써야 할 테고, 그 연장에서 들뢰즈에 관한 기획도 조만간 착수할 예정이다. 물론 요즘 같은 시절에 니체와 들뢰즈의 기획으로 얼마의 판매고를 올릴 수 있을까에 대한 고민은, 또 대표님과 협의를 해봐야 하는 문제이지만….

　　니체와 들뢰즈의 철학을 소설과 영화로 해석할 수 있는 이들은 꽤 많이 있다. 동파와 연암의 문장으로 해석할 수 있는 이들은, 나 말고도 고미숙 작가를 비롯한 몇몇이 더 있다. 그러나 만화 〈슬램덩크〉로 해석한 경우는 서점가에 아직까진 나밖에 없는 것 같다. 뭘 굳이 〈슬램덩크〉로까지…. 그런데 나는 굳이 하는 놈이다. 니체와 들뢰즈에 관해서 나보다 해박한 이들은 많이 있다. 그러나 니체와 들뢰즈를 나처럼 쓸 수 있는 사람은 나밖에 없다는 거. 그것이 변별인지 특화인지를 내가 판단할 일은 아니지만, 뭐 그냥 그렇다고.

바보의 문체

나는 내가 쓰고 싶은 글을 썼을 뿐이며, 남들도 다 쓸
수 있는 글들을 쓰는 것을 삼갔을 따름이다.

— 김현

책을 좋아하는 후배 중 한 녀석은 김훈 작가의 광팬
이다. 그 친구에게는 김훈처럼 쓰는 글월만이 '깊이'
이다. 다른 작가들은 어떻게 쓰는가에 초연할 수 없는
입장이다 보니, 여간한 유명 작가들의 글을 다 읽어
보는 편이다. 당연히 그 후배가 '강권'하는 김훈 작가
의 글들도 다 읽어 봤다. 그러나 여전히 내 글은 김훈
작가와 같지 않아서, 후배에게는 비판의 대상이다.

나는 김훈 작가의 글을 읽기는 하지만, 그의 문체를
따라야 할 이유에 대해서는 잘 모르겠다. 반면 문학평
론가 김현의 글은 무척이나 좋아하다 못해 그처럼 쓰
지 못해서 절망인 경우이다. 좋아하는 성향이 다르니,
내가 쓰는 글도 당연히 그 후배의 취향은 아닐 것이

다. 어느 순간부터는 지겨워서 내가 그 주제의 대화를 피한다. 그리고 지금은 그냥 깊이가 없는 대로, 내가 쓸 수 있는 대로 쓰고 있는 중이다. 모두를 다 만족시킬 수는 없다. 김현이 이르길, 바보는 하나도 안 버리려다가 다 버린다.

어차피 누구의 글로써 습작을 한다 해도, 그처럼 쓸 수 있는 것도 아니다. 또한 그처럼 쓸 수 있게 된 글이 과연 내 글이기나 할까? 내 책을 읽느니 저 책을 읽어도 별 상관이 없는 문체라면, 그도 나의 존재 이유가 설명되지 않는 바보짓은 아닐까?

일곱 살에게 셰익스피어

일곱 살 아이에게 셰익스피어 작품은 말도 안 되는 허섭스레기이며, 만약 그의 작품이 일곱 살 아이들에게 읽힌다면, 셰익스피어는 그 아이들이 이해하는 수준에서 평가받을 수밖에 없다.

— 알랭 드 보통

초등학생이 읽어도 이해할 수 있는 쉬운 글이야말로 좋은 글이라는, 일부 출판계 종사자들의 신념을 이한 구절로 반박할 수 있지 않을까? 그렇게 쉬움을 표방하는 책바치의 신념으로도, 알랭 드 보통의 원고가 손에 쥐어진다면 당장에 출간을 서두를 사람들이 아니던가.

물론 아이들의 수준을 무시하는 의도에서 한 말이야 하겠는가? 텍스트에 대한 해석은, 텍스트 그 자체가 지닌 속성이라기보다 텍스트를 읽는 자들의 속성이란 의미이다. 7살 아이들에게는 이해되지 않는 셰익스피어의 작품들이 결코 졸작은 아니듯 말이다. 그렇다고 7살 아이들을 위한 안데르센의 작품이 셰익스피어에 뒤진다고 할 수도 없을 터, 그것은 수준의 차이가 아닌 그저 장르의 차이일 뿐이다. 그런데 자신이 익숙한 문체를 근거로, 다른 문체를 비판하는 이들이 꼭 있다. 취향의 문제를 위계의 문제로 착각하는 이들도 있고….

좋은 작가란?

철학에서 다루는 '사건' 개념, 기존의 가치관을 폐기하며 인생의 방향성을 단번에 틀게 만드는 각성의 순간을 설명함에 있어 가장 친근한 모델이 스크루지 영감이 아닐까? 그만큼 많은 독자층의 공감을 자아내는 통속성이 디킨스 소설의 토대이기도 하다.

어느 역자는 소설이 발생한 이래 디킨스만큼이나 대중적 인기를 누린 작가는 없었다고까지 표현한다. 여왕으로부터 최하층의 빈민까지 디킨스의 열렬한 독자들은 매달 그의 작품이 출판되는 날을 손꼽아 기다렸단다. 이 말은 곧 그가 소설을 '연재'의 방식으로 출판한 작가였음을 의미하기도 한다. 지금이야 회차 별로 연재한 스토리를 다시 단행본으로 묶어 내는 방식이 낯선 것도 아니지만, 당대만 해도 디킨스가 거의

46

최초의 작가였던가 보다. 책을 구매할 돈이 없는 민중들을 배려해, 책값을 내리면서도 원고를 최대한 분할하는 방식을 택했던 것. 그 결과로 폭넓은 지지층을 소유할 수 있었던 디킨스는, 셰익스피어의 예술성과 비교되는 영국 문학의 상징이다.

디킨스 어록 속의 '애타게'를 꼭 그런 시대적 상황과 함께 이해할 필요가 있겠냐만, 어찌 됐건 좋은 작가란 독자로 하여금 지금의 페이지를 읽으면서 다음 페이지를 궁금하게 하는 스토리텔러로서의 역량을 지닌 자들일 것이다. 그러니 다음의 페이지를 위해서라도 지금의 페이지에서 내 역량으로 가능한 최대 출력으로 웃기고 울릴 것. 그렇게 심혈을 기울인 한 페이지 한 페이지로 엮은 한 권이, 다음 작품을 집어 들게 하는 토대일 테고….

피카소는 자신의 최고 작품을 언제나 '다음 작품'으로 말했다고 하지? 그러나 그 '다음'이 있기 위해서라도 지금 여기에서 내 스스로를 증명할 필요가 있다는 거.

단어로 그린 그림

> **소설 쓰기는 단어로 그림을 그리는 것이고, 소설 읽기는 다른 사람의 단어를 가지고 우리 머릿속에 그림을 그리는 것입니다.**
>
> — 오르한 파묵

파묵은 22살 때까진 화가의 삶을 꿈꿨었다. 그러던 어느 날 갑자기 소설을 써야겠다는 열망에 사로잡혔고, 7살 때부터 키워 온 화가의 꿈을 접었다. 미친 짓이 아니냐며 만류하던 측근들은, 파묵이 자신을 기념할 한 권의 책을 욕망하는, 한때 불다 가는 바람인 줄로만 알았다. 다행히 오랜 세월 동안 이어진 바람의 결을 타고 단어로 그림을 그리다가 노벨문학상까지 타버린, 미친 짓의 저력. 미쳐야 미친다고 했던가. 예전에 저지른 미친 짓이 어떤 미래를 준비하고 있는지 또한 아직 모를 일이다.

파묵은 이런 회화의 문장이 자신만의 독특한 방법

론은 아니라는 사실을, 발자크, 위고, 프루스트, 톨스토이, 플로베르 등 여러 문인들의 선례로 부연한다. 그에 따르면, 소설과 회화는 시간과 공간의 차이이다. 그림은 일정 공간에 박제된 시간이다. 그에 비해 소설은 서사다. 그러나 한 폭의 그림이 박제된 어떤 순간을 보여 준다면, 소설은 연달아 줄지어 있는 수천 개의 박제된 순간을 제시하는 서사라는 것.

들뢰즈는 철학을 회화에 비유하기도 한다. 저마다의 화풍을 지녔다는 건, 저마다의 세계를 그리기 이전에, 저마다의 관점으로 보고 있다는 사실을 의미한다. 파묵이 '글쓰기가 정신적이고 철학적인 행위가 아닌 어떤 기술로 취급'되고 있다며, 오늘날의 문예창작과의 교수방식을 넌지시 비판한 일을 들뢰즈의 견해와 연계해 생각해 볼 수도 있겠다. 글쓰기는 기술의 문제이기 이전에 관점의 문제이다.

쓰는 내내, 다음 작품을 함께 준비하고 있는 서상익 작가님이 떠올랐다. 이 분은 파묵과는 반대의 경우이다. 그의 그림들을 처음 봤을 때는 철학에 관심이 많은 화가인 줄 알았는데, 이야기를 나눠 보니 철학에 대해서는 잘 모른다고…. 그 대신 문학동네에서 출간되는 한국소설들의 컬렉터일 정도로, 문학의 애독자이다. 그렇듯 문학적 직관과 철학적 직관과 예술적 직관은 서로 상보적 관계라는….

음악과 문학

음악이란 것이 과연 이야기를 들려주는 것일까? 아마
그럴 것이다. 세상에서 가장 순수하고 가장 엄격한 방
식으로…. 나는 소설가로서, 음악에 있어서 무엇보다도
그 순수함과 서술적인 엄격성에 민감하다. 거기에는 고
도로 시사적인 분석거리가 담겨 있을 것 같다. 그러나
그것은 우리에게 허용된 것 이상의 시간과 공간을 요구
한다. 그러므로 그냥 간단히 '음악적 이야기'는 우발성,
우연, 돌발적 사건의 개입을 허용하지 않는다고 요약하
는 것이 좋겠다. 음악의 악장 속에서는 모든 것이 필연
적으로 앞의 것에서 생겨난다. 무엇인가가 존재한다면
그것은 언제나 장치 안에서 존재한다.
그렇기 때문에 음악적 역동성의 주된 원동력의 하나는
어떤 부재의 창조, 속이 비어 있는 존재의 창조, 그 뒤
에 따라올 것에 대한 점점 더 절박한 요청의 창조라고
할 수 있다. 그리하여 마침 솟아오르는 그 소절이 그토
록 당당하게 개화하여 우리를 행복감으로 뒤덮는 것은

벌써 한참 전부터 화음과 전개부가 우리들의 마음속에 바로 그 소절을 듣고 싶은 목마름의 공간을 파놓고 있었기 때문이다. 앞선 화음과 전개부는 우리들을 장차 저 음악의 강이 맑고 싱싱한 물살을 쏟아 내어 세차게 달려갈 메마른 강바닥으로 만들어 놓고 있었던 것이다.

— 미셸 투르니에

산문집 《짧은 글, 긴 침묵》에 적혀 있는 구절. 등단하기 전까지는 철학과 교수 임용을 준비했던 이력이라, 가끔씩 쉬이 읽히지만은 않는 사유의 흔적들이 발견된다. 쉽게 풀어 설명하기 위한 예를 들어 보자면….

전반부는 너무 좋은데, 그 '좋음'의 흐름이 후반부로 이어지지 않는 노래들이 있지 않던가. 반면 이 이상의 조합일 수는 없을 것 같은 감흥으로 충족될 때, 우리는 그 멜로디를 '좋음'으로 판단한다. 다시 말해 우리는 앞에 주어진 전제로부터 후반부에 이어질 '좋음'의 멜로디를 기대하면서 음악을 듣는다. 어떤 곡은 그 기대 이상으로 폭주하고, 어떤 곡은 다소 기대에 못 미치며 사그라들기도 하고….

투르니에의 집안은 가족 구성원의 대부분이 음악에 종사했다. 그런 성장의 배경이 그가 평생 음악을 가까이 할 수밖에 없었던 하나의 함수였을 테고, 또한 그에게는 문학적 양분으로 스며든 가족력(?)이었다. 이 이상은 없을 것 같은 조합의 필연적 서사, 투르니에는 소설 《마왕》에서 그 음악의 기법을 시험해 보기도 한다. 이는 괴테의 발라드를 모티브로 하는 작품으로, 슈베르트의 〈마왕〉과 같은 성격의 분화라고 할 수 있겠다.

존 레논은 폴 매카트니의 멜로디 구성 능력을 부러워했다고 한다. 행동하는 지성으로서의 존 레논에 비해 '대중성'으로만 폄하되는 면도 없진 않지만, 대중문화가 대중성에 기반하는 것이 잘못은 아닐 터, 실상 비틀즈의 표상은 거의 다 폴 매카트니가 작곡한 멜로디이다. 따지고 보면 모차르트와 베토벤도 오페라와 교향악의 저변을 넓혀 준 대중성이 우리가 그들을 표상하는 방식이다. 그런 맥락에서, 예술성과 대중성을 모두 증명하는 투르니에의 소설들은 참 재미있게 읽힌다. 그의 비유대로라면, 필연적 개연성으로 흘러가는 좋은 멜로디인 이유에서일까?

현대의 대중문화를 대표하는 영화의 장르에서도 다르지 않은 듯하다. 예술성의 표상인 감독들의, 도통 뭘 이야기하고자 하는 것인지가 애매한, 평론가들 사이에서만 수작인 서사들이 있는가 하면, 예술성과 대중성 그리고 철학까지 겸비한 크리스토퍼 놀란과 봉준호 같은 경우도 있다는 거. 적어도 그들보단 못한 역량으로서의 예술성인 건 아닐까? 카뮈의 어록을 빌리자면, 분명한 것에는 대중이 모이지만, 모호한 것에는 비평가만 몰려들 뿐이다.

필자와 독자의 입장

글을 왜 쓰십니까? 이 질문에 대하여 발자크는, 부자가 되고 유명해지기 위해서 쓴다고 대답했던 것 같다. 또 다른 사람들은 그와 반대로 대답하기도 한다. 즉 그것이 내 심리적인 균형에 꼭 필요한 행위니까, 그래서 심지어 발표하지 못한다 해도 나는 글을 쓰겠다고 말이다.

그것은 극단적인 두 가지 대답이다. 그런데 나라면 다른 사람들에게 읽혀지기 위해서 쓴다고 대답하고 싶다. 나 자신은 책이라고 하는 시장에 내놓을 이 제품을 방 안에 들어앉아서 만들고 있는 수공업자라고 생각하는 터이다.

…

나는 한 권의 책에는 그 책을 쓴 이와 그것을 읽는 이, 이렇게 두 사람의 저자가 있다고 생각한다. 쓰여지기만 했을 뿐 읽혀지지 않은 책은 진정으로 존재하는 것이 아니다. 그것은 독자를 애타게 부르고 있는 잠재적인

존재에 불과하다.

— 미셸 투르니에

'언제나 불황'인 서점가를 상대하는 작가들의, 작가주의적 곤조를 걷어치운 솔직한 심정이 아닐까? 더군다나 저 어록의 주인공이 투르니에의 브랜드라는 사실이, 내가 결코 속물근성으로 글을 쓰는 건 아니라는 위로 같아서 고맙기도 하고….

들뢰즈와는 대학 동기인, 철학의 길에서 문학으로 방향을 재설정한 경우이기에 프랑스 철학의 사조와 경향을 담지하고 있는 문인이기도 하다. 해체의 철학에서는 원형과 기원에 큰 의의를 두진 않는다. 글쓰기에 관해서도 그것을 쓴 필자의 의도만큼이나 독자가 받아들인 의미도 중요하다는 입장이다. 물론 필자의 입장에서는 오역일 수도 있고, 또한 의도적인 오역의 경우도 있을 수 있겠지만, 필자조차 생각지 못했던 풍요로운 해석으로 분화하는 것이기도 하다. 오늘날 영화의 해석이 그렇지 않던가. 봉준호와 박찬욱의 세계는 평론가와 대중들에 의해 확장된다.

제아무리 멋드러진 철학의 레토릭도 독자들의 공감이 있어야 그 멋드러짐도 소용이 되는 것이 아닐까? 또한 독자들에 의해 더 풍요로운 해석으로 채워지는 법이다. 그러니 독자들을 염두에 두는 글쓰기가 꼭 자본주의에 영합하는 절충과 양보만은 아니다. 그도 분화를 잠재하는 하나의 문체이다. 물론 시장의 문법밖에 모르는 작가에게 '분화'를 운운할 일은 아니고, 이것도 쓸 수 있는 이가 저것을 쓸 때나 적용 가능한 표현일 테고….

진중권 교수가 《미학 오디세이》를 서점가에 선보였을 때, 당시만 해도 생소했던 미학 개념을 대중들에게 쉽게 설명하고자 한 취지에서보다는, 당장에 먹고살려는 목적으로 썼다고 하지 않던가. 쓰고 싶은 대로의 난이도로 출간하면 도통 책이 안 팔린단다. 시장을 상대하는 철학의 딜레마이기도 하다. 이렇게 써도 어렵다는 이야기가 들려오는데, 또 저쪽에서는 수준을 운운하며 한 소리를 내뱉는 학계의 관계자도 있기에…. 그러나 강신주 박사의 대중성이 읽히기에 한병철 교수의 만만치 않은 텍스트도 집어 들게 되는 것이 아닐까?

"나는 읽히지 않는다. 나는 읽히지 않을 것이다."

당대에 이해되지 않았던 니체는, 즉흥적으로 읽혀 휘발되는 글은 쓰지 않고자 했다. 험준한 산을 오르는 것과 같은 극강의 인내와 체력을 요하는, 각고의 노력으로 마음에 새길 수 있는 저서들을 써냈다고 자부했다. 그러나 그의 철학에 가득 담긴 상징성들에 대한 해석이 다소 애매한 경우이지, 니체의 문체 자체가 어

려운 건 아니다. 그나마 니체 덕에 근근이 먹고사는
철학의 매대가 그것을 증명하지 않을까? 또한 쉽게 읽
히는 것과 가볍게 읽히는 것이 같은 속성은 아닐 테
고⋯.

문학과 철학

투르니에의 소설은 설명하기보다는 보여 줄 뿐이다.
— 질 들뢰즈

들뢰즈는 문인들을 칭송하는 어록과 찬사의 논문을
꽤 많이 남긴 편이다. 철학이 세계를 해석한다면, 문
학은 그대로 보여 준다. 철학에서는 더 이룰 것이 없
었을지도 모를 들뢰즈였던 터라, '그대로 보여 주는'
스토리텔링에 관한 선망이 있었던 것일까? 삶의 마지
막 순간까지 그의 침대맡을 지키고 있던 원고도 문학
에 관한 것이었단다.

철학과 교수를 꿈꿨던 투르니에는, 대학교수 자격
시험에 낙방한 사건이 가장 직접적인 원인이겠지만,
대학 동기였던 들뢰즈에 비한다면 자신이 발군의 역
량은 아니라는 사실을 진즉에 느끼곤 있었다. 그런데
돌아보면 하필 들뢰즈였던 것이기도 하다. 훗날 현대
철학의 거장이 되어 버린, 비교 잣대가 너무 고퀄이었

던 경우이다. 그래도 들뢰즈와는 평생의 지기였던 문인이었다.

문학에서 자신의 진로를 다시 모색한 투르니에는, 이런저런 이력을 거쳐, 우리나라 나이로 치면 44살에 등단을 한다. 우정에 대한 헌사였을까? 아니면 자신의 친구가 문인이 되었다는 기쁨이었을까? 들뢰즈는 투르니에의 대표작 《방드르디, 태평양의 끝》에 관한 논문을 쓰기에 이른다. 늦게 꽃피운 재능일망정, 들뢰즈는 되레 그런 투르니에가 자랑스럽기도 부럽기도 하지 않았을까? 마침 트루니에의 소설에 관해 들뢰즈가 쓴 논문은, 주체에게 부단히도 영향을 미치는 '타인'이 주제였다. 문학사와 철학사의 두 거점은 서로에게 그런 타인이기도 했다.

문학과 철학, 두 영역에서 모두 출중한 능력치를 증명할 수 있다면야 더할 나위 없이 좋겠지만, 사르트르의 《구토》가 재미있다는 평을 들어 봤나? 니체의 《짜라투스트라는 이렇게 말했다》가 쉽게 읽히기를 하던가? 솔직하니 알랭 드 보통의 소설들도 난 잘 모르겠다. 그에 비해 철학의 길을 둘러 온 투르니에의 글들은 참 재미있게 읽힌다.

관점의 문제

들뢰즈의 페이지를 넘기다 보면, 주름, 접힘, 펼침… 뭐 이런 용어들이 나오는데, 쉽게 설명하자면 씨앗에 비유할 수 있다. 줄기와 잎, 가지와 열매의 가능성은 씨앗 안에 접혀 있고, 뿌리와 싹이 펼쳐지면서 외부조건과의 상호작용 속에서 저 자신의 미래를 생성해 간다는….

들뢰즈의 철학에서는 사물 그 자체만이 인식과 존재의 대상인 것은 아니다. 그 사물을 사용하는 사용처와 사용자까지도 포함하는 조건이며, 사물의 잠재성은 외부와 결속해 발현되는 '내재되어 있는 외부'이다. 물론 이런 사유가 들뢰즈의 전유물인 것은 아니고, 니체도, 하이데거도, 그 이외의 많은 현대철학자들이 공유하고 있는 전제이다. 꽃으로서의 혹은 열매로서의 미래는 씨앗이 지닌 속성 그 자체만으로 결정되는 것이 아니다. 외부조건이 어떤가에 따라 씨앗의 미래도 달라진다.

프루스트의 《잃어버린 시간을 찾아서》에 대한 해석에서도 들뢰즈는 아직 발현되지 않은 역량이 잠재된 상태와 발현조건들에 초점을 맞춘다. 주인공은 어려서부터 작가를 꿈꾸는 입장이었기에, 사물을 바라보는 방법은 그 사물이 글로 쓰여질 수 있는 조건들에 대한 고민을 포함한다. 그 사물로부터 뻗어 나올 스토리텔링은, 그 사물이 외부조건과 맺고 있는 관계를 살피는 관심으로부터 시작되며, 모든 것이 이미 그 사물에 내재되어 있는 것이기도 하다. 《잃어버린 시간을 찾아서》라는 소설이 마들렌 과자 안에 잠재되어 있는 서사였던 것처럼….

그것들은 그저 하나의 외양을 하고 있을 뿐, 그 밑에 감추고 있는 비밀을 나에게 완전히 열어 보일 때를 기다리고 있는 듯 보였다.

— 마르셀 프루스트

《잃어버린 시간을 찾아서》에서 자신이 과연 작가의 재능이 있는가를 고민하던 소년 시절의 회상 속에 등장하는 대사이다. 그만큼 글쓰기의 관건은 글을 쓰는 행위 이전에 세상을 바라보는 방식이라는 것. 이제까지 쓴 글을 간단히 정리하자면, 그 정리를 프루스트의 어록으로 대신하자면, 문체는 기술의 문제가 아니라

관점의 문제라는 이야기이다. 글쓰기는 그 관점 안에
접혀 있던 것들이 펼쳐진 결과일 뿐이다.

회상으로의 환상

예술의 기능 중 하나는 인간의 기억에 환상적인 지난날을 보태는 것이다.
— 호르헤 루이스 보르헤스

《마르틴 피에로》라는 아르헨티나를 대표하는 서사시의 서문으로 적은 구절이니, 여기서 예술이란 곧 문학을 뜻한다. 어록의 전제는, 작가나 독자나 각자의 기억을 토대로 쓰고 읽는다는 것. 회상의 이미지로 결속된 문장 안에선, 이별의 상처조차 사랑했던 날들의 기억만큼이나 아름답다. 우리는 그런 승화의 문장들을 통해, 실제보다 더 먼 곳에 가닿는다. 이제 용서할 수 있을 것 같기도, 이미 내려놓은 것 같기도, 때로 다시 사랑할 수 있을 것 같기도….

옛 사랑에 관한 가사가 아무리 절절해도, 처참한 심정으로만 그 노래를 듣고 있는 청중은 없을 터, 이미 승화 과정을 거친 그 자체로 아름다운 것이다. 글도 그렇다. 그 숙고의 시간에 어떤 식으로든 승화가 이루어진 결과이다. 오해의 소지가 없어야 하는 공문서와 논문이 아닌 이상에야, 굳이 반듯한 글쓰기를 종용할 필요가 없는 이유이기도 하다. 아나운서의 정확한 발음에 감흥을 일으키는 경우는 별로 없지 않나? 교정과 승화의 차이가 그렇다. 각자의 기억에 각자의 방식으로 덧대는 환상, 그 환상의 성분과 함유량에 따라 에세이가 되고 시가 되고 소설이 되고 하는 것이지. 극으로 밀어붙인 경우가 보르헤스의 환상문학이기도 할 테고….

글쓰기의 단계

좋은 산문을 쓰는 작업에는 세 단계가 있다. 구성을 생각하는 음악적 단계, 조립하는 건축적 단계, 그리고 마지막으로 짜 맞추는 직물적 단계.

— 발터 벤야민

벤야민의 글 중에는, 동료 철학자들의 해석도 가늠할 수 없었던, 일방적인 시선 끝에 맺힌 직관을 적어 내린 경우들이 종종 있다. 이 구절이 실린 책의 제목은 《일방통행로》, 그나마 이 정도는 어렴풋하게나마 그 대강의 의미를 이해할 수 있는 예이다. 도시의 관상학자라고도 불리는 벤야민인지라, 오늘날에 도시의 관상을 대표하는 '스타벅스'로서 내가 쓰는 방식에 대한 예를 들어 보자면….

일단 스타벅스에 관한 자료들을 그러모아 덩이덩이 흩어 놓는다. 소설 《모비 딕》에서의 유래하는 상호명, 현대인들에게 있어 커피의 의미, 너무도 많이 생겨나는 커피전문점과 경제의 상관 등등. 이 정도는 인문학을 즐겨 읽는 이들이라면 누구나 연상할 수 있는 계열성이다. 변별을 도모하기 위한 확장코드로서의, 커피에 관한 발자크 혹은 볼테르의 일화. 그것이 풍요로움으로의 세븐 코드일지, 다채로움으로의 디미니쉬일지는 아직은 알 수 없는 일이고, 최종적으로 글에 삽입할지 말지도 미정이지만 일단은 갖춰 놓고 본다.

이렇게 대강의 글감들을 마련하고 나면, 이젠 그것들을 어떻게 배치할 것인가의 고민이 시작된다. 그것들을 쌓아 올리기 위해선 서로 이가 맞을 수 있도록 변형을 가해야 할 때도 있고, 그것들의 바깥에 비계가 필요하기도, 그것들의 사이를 메우는 다른 질료들이 필요하기도 하다. 마지막으로 논리와 서사가 촘촘히 엮인 매끄러운 흐름인가를 살피면서 윤색을 한다. 물론 내가 벤야민의 식대로 좋은 산문을 쓴다는 건 아니지만, 블로그에 게재하는 초벌의 글조차도 누가 들어와서 열람하는 것이기에 적어도 세 번의 단계는 거친다. 원고화를 진행할 때는 몇 번을 더 고쳐 쓰고….

디오니소스 친구들과 협업을 하면서 느낀 점. 꼭 벤야민 식이 아니더라도, 자신의 글을 몇 번이고 면밀히 검토하는 습관이 들지 않은 경우가 있다. 벤야민의 비유로써 설명하자면, 아직 다 짓지 않은 건축의 단계에서 멈춘 글. 수사의 적절함은 둘째 치고, 접속사와 술어가 맞지 않은 문장만 봐도 드러나는 빈약한 퇴고(推敲)의 빈도. 되레 부단한 퇴고의 작업을 글쓰기의 본질로 말하는 작가들도 있는데…. 출판사로 투고된 원고들 중에도 이런 경우가 의외로 많다. 개중엔 자신을 글쓰기 강사라고 소개하는 분도 있고….

유려와 장황 사이

루소와 더불어 계몽사상의 선봉이었던 볼테르인 터라, 그의 풍자적 문체는 다소 극단적인 면이 있다. 그렇다고 형용사의 사용을 근절하자는 의미는 아닐 테고, 과도한 수식은 되레 본질을 흐릴 수 있으니 본질에 충실하자는 이야기를 굳이 저런 식으로….

헤밍웨이가 그랬단다. 동사와 명사만으로 글을 쓰고 싶었다고…. '지옥으로 가는 길은 부사로 덮여 있다'는 스티븐 킹의 어록은, 작가를 희망하는 사람들 사이에서는 너무도 유명하다. 그러나 공문서가 아니고서야 어찌 간단명료한 문장이 최선일 수 있겠는가? 너무 반듯한 글도 읽는 사람에 따라 재미없게 느낄 수도 있고, 쓰는 사람의 입장에서도 그 '반듯'의 규준으로 창작의 열망을 마름질하고 싶진 않을 것이다. 그러

나 과도한 수식의 열망도 지루하게 느껴지기는 매한
가지, 그 절충의 영점을 잘 잡는 작가가 좋은 작가일
테고….

　글이 장황해지는 이유는 유려함에 대한 욕망 때문
이지, 애초부터 작정하고 장황하고자 써내리는 이들
이 있겠는가? 실상 그 '유려함'과 '장황함' 사이에서,
키보드 혹은 작업노트 위를 방황하는 손가락이 글쟁
이들의 일상이기도 하다. 최명희 작가가 그랬다지. 자
신은 '일필휘지'를 믿지 않는다고…. 단번에 써내린
문장보다, 문장이 되기까지 거듭하는 고민이 좋은 작
가로서의 조건이기도 할 테고….

비목적적 글쓰기

쓰기 전까지는 내가 무엇을 쓸지 몰랐다.

— 조지 버나드 쇼

내 컴퓨터에는 아직 출간되지 못한 몇 개의 원고들이 저장되어 있다. 그중 하나인 '니들에게 묻는다'라는 파일명. 작가 소개를 매번 고민하는 것도 귀찮아서 '니체를 사랑한 한문학도'라고 붙박아 뒀으니, 언제고 니체와 관한 책 하나를 출간하고 싶은 생각이 있고, 개인적으로 좋아하는 들뢰즈에 관한 책도…. 그래서 니체와 들뢰즈의 앞글자를 따서 '니들'이라고 붙였다.

니체에 관한 책은 너무 많이 쏟아져 나오고, 요즘 같은 시절에 들뢰즈를 내세워 뭐가 될 것 같지도 않아서, 포맷에 대한 고민과 함께 뒤로 미뤄 두고서 계속 채워 나가고 있는 중이다. 그런데 중간중간에 그 원고의 어느 부분을 취해서 다른 출간물에 활용했다. 지금까지 출간한 책들이 다 이런 방식이었다. 그 책을 쓰기 위해 써놓았던 글은 아닌데, 어떻게 주제가 맞아서 그 책의 페이지로 구성하는…. 실상 여러 책들에 흩어놓은 니체의 파편을 그러모으면, 그것이 애초에 내가 구상했던 니체의 원고이기도 하다. 이렇게 되니 이젠 더 이상 니체에 대해 쓸 말도 많이 없고, 그래서 미뤄지는 것이기도 하고….

달리 표현하자면, 처음에 목적한 바대로 뭐가 이루어지지 않더라도, 처음에는 의도하지 않았던 다른 것들이 이루어지기도 한다. 졸저 《불안과 함께 살아지다》를 예로 들자면, 처음엔 문학동네의 한 임프린트 대표에게서 키에르케고르의 '죽음에 이르는 병'을 주제로 의뢰받았던 원고이다. 그런데 의뢰한 출판사가 경영난에 시달리다 대표는 떠나고 브랜드는 문학동네의 자회사가 되었다. 공중에 붕 떠버린 원고를, 마침 다반 대표님을 만나서 '불안'의 주제로 각색을 했던 것. 그러니 출간에 대한 욕망을 지니고 있는 분들이라면, 일단 뭐라도 주제로 잡아서 진득하니 원고를 채워 나가 보시길…. 목적한 바대로 되지 않아도, 그렇게 빗겨 간 바깥에서 되레 2~3개로 분화를 하는 경우가 있으니….

아직 쓰여지지 않은 책

만약 책을 쓰기 시작할 때 결론에 이르러 무엇을 언급할지를 안다면 여러분은 그 책을 쓸 만한 용기를 가질 수 있을 것 같습니까? 글쓰기나 연애관계에서 진실로 드러나는 것이 역시 인생에서도 드러납니다. 이 게임은 최종적으로 일어날 일을 알지 못하는 한에서 그 가치를 지닙니다.

— 미셸 푸코

푸코가 버몬트 대학의 강연 중에 한 말로, 결론은 미리 주어지는 것이 아니라 과정 중에 생성되는 것이라는 이야기. 개인적으로 좋아하는 들뢰즈의 철학이 대개 이런 주제이기도 하다. 누군가를 좋아하면 인생의 궤적이 닮아 가는 것일까? 아니면 애초부터 닮은꼴의 인생에 끌리는 것일까? 어찌 됐건 내가 살아온 시간의 성격이 들뢰즈의 철학으로 해명되는 경우가 많기에 그를 좋아하는 것이기도 하다.

내가 쓴 책들에 얽힌 단적인 사례들을 늘어놓자면…. 《어린왕자, 우리가 잃어버린 이야기》에 등장하는 CEO분은, 정말이지 우연한 기회로 비서실장이실 때부터 인연이 된 경우이다. '어린왕자'란 블로그 닉네임과 그 동화를 좋아한다는 사실로부터, 《어린왕자》를 경제와 철학으로 해석해 보자는 기획이 떠올랐다. 기획을 말씀드리고자 다시 만나 뵀을 땐, 한 호텔의 총괄을 맡고 계셨다. 그래서 《어린왕자》에 관한 이런저런 자료들을 그러모아 살펴보는 동안, 컴퓨터에 저장된 파일 이름은 '워커힐의 어린왕자'였다.

본격적으로 인터뷰를 진행하고자 했을 땐, 계열사 사장의 자리에 오르셨다. 웃긴 건, 그분의 직위가 바뀔 때마다, 원고를 검토하던 출판사의 태도도 바뀌었다는 거. 그러다 최종적으로 계약을 맺은 한 출판사와 사이에 이런저런 불미스러운 일들이 얽혀 들었고, 마침 그 시기에 다반 출판사와 인연이 되어, 기존 출판사와의 계약을 해지하고 다시 다반으로 가져와 출간을 하게 된 경우이다. 그러니까 이 책은 전혀 다른 상황으로 출간이 될 수도 있었던 가능성이었다. 기존의 출판사 대표와 편집장이 한번 사장님을 만나고 싶어 했었는데, 어쩌다 보니 그럴 기회가 없었다. 다반 출판사 대표님은 사장님과의 인연을 계속 이어 가고 있다. 그런 것 보면 자기 몫의 우연이 따로 있는 것 같기도 하다.

어느 날은 사장님께서 저녁을 사주시면서 《논어》에 관한 이야기를 건네셨다. 당신의 인생 콘텐츠이기도 해서, 그것으로 뭔가를 해보고 싶어 하시길래 바로 다반 대표님께 말씀드렸고, 그 결과가 《우리 시대의 역설》이다. 이 책의 시작은 원래 《논어》에 관한 기획이었다. 그런데 진행을 하다 보니 현대사회를 조망하는 방향으로 흘렀고, 나중에야 제프 딕슨의 시를 인용해 다시 편집한 것이다. 그러니까 애초부터 '우리 시대의 역설'이란 시를 모티브로 기획이 된 것은 아니다.

　편집장의 입장에서 요즘 새로운 저자분과 메일로 주고받고 있는 주된 이야기도 그런 우연성과 불확실성에 관한 것이다. 처음의 구상과는 다른 형태로 탈고가 되기도 하고, 애초에 가고자 했던 목적지와는 다른 곳에서 내리는 결말이 더 나은 완결일 때도 있다. 처음에는 막연해도 쓰는 중간에 선명해지기도 하고, 어느 순간에 돌아보면 나도 모르게 이미 어떤 방향성으로 쓰고 있었던 경우이기도 하고…. 무엇으로 완성하고자 써내리고 있는 것인지를 실상 작가 자신도 모를 때가 있다.

　인생이 그렇기도 하다. 기획대로 계획대로 흘러가는 시간도 아니거니와, 그 기획과 계획 바깥에서 보다 나은 기획과 새로운 계획이 발견되기도 한다. 사랑 또한 그렇다. 정말이지 잊지 못할 것 같았던 사연 뒤에서 기다리고 있는, 전혀 기대하지 않았던 사연으로 다시 사랑하고 잊어 가고 추억하고…. 우리의 삶을 한 권의 책에 비유한다면, 뒤페이지를 어떤 이야기로 써 나갈지는 작가 자신도 모른다.

무책임한 비유

나는 한동안 무책임한 자연의 비유를 경계하느라 거리에서 시를 만들었다. 거리의 상상력은 고통이었고 나는 그 고통을 사랑하였다. 그러나 가장 위대한 잠언이 자연 속에 있음을 지금도 나는 믿는다. 그러한 믿음이 언젠가 나를 부를 것이다. 나는 따라갈 준비가 되어 있다.

— 기형도

　　유고 시집《입 속의 검은 잎》의 서문을 대신한 작시 메모이다. '무책임한 자연의 비유'라는 구절이 와닿은 이유는 내 전공과 무관하지 않을 것이다.

　　《장자》의 어느 페이지에는, 바람에 부대껴 우는 대지의 소리들을 자연의 화성학으로 비유하는 구절이 있다. 장자를 패러디라도 한 듯, 한유의《송맹동야서》와 율곡의《정언묘선》에서는 자연의 소리들을 글쓰기에 비유한다. 한유의 부연은 이렇다. 울림은 화평하지 못한 것들 사이에서 일어나는 현상이기에, 마음의 울

림으로써 글을 쓰는 문인에게는 불우한 시절과의 맞
닥뜨림도 필요하다고…. 율곡의 부연은 이렇다. 그 울
림을 표현함에 있어 정수(精髓)의 언어들을 잇대는 것
이 문학(특히 시)이라고….

견지하는 철학의 차이가 있을망정, 비유의 미학은
한문학에 있어서는 흔한 작법이다. 그러나 자연의 섭
리로써 삶의 이치를 대신하는 방식이 자칫 유치하거
나 노회하거나 어색하거나 식상할 수 있기에, 그 정수
로 꼽히는 문장들은 흔하지 않은 역설. 그 결과가 우
리가 한 번쯤은 들어 봤을 몇 안 되는 문장가들의 이
름이기도 하다. 개인적으로 좋아하는 비평가 김현의
표현을 빌리자면, '달관의 제스처 섞인 선(禪)적 언어
의 비선적 남용'인 듯한 흔적들. 그 자체로 삶에 서툰
몽상가들의 탈속 지향 같아서, 내 전공의 이미지를 별
로 좋아하진 않는 편이다. 그래서 그곳으로부터 한참
동안을 떠나와 도시의 철학과 문학에 머물고 있는지
도 모르겠다.

나이가 들어가면서, 뺨을 스치는 한 철의 계절과 한
점의 바람, 한 줄기의 빗물로부터 인생에 관한 비유를
떠올릴 때가 있긴 하지만, 아직은 돌아갈 준비가 되어
있지 않다. 아직까지는 도시가 좋다. 도시의 한 자락
으로 투명한 여름 그늘에 버섯처럼 피어 있는, 청춘의
노스탤지어를 다 거두어 써내리지도 못했고…. 버섯

처럼이라, 이 표현은 괜찮은 건가 싶은 의구심이 드는 마당에….

　태어나고 자라난 강원도가 내 정서의 베이스이긴 하지만, 고즈넉한 이국의 시골 풍경도 단 며칠간의 여행으로만 만끽하고 싶은 터, 무책임하게 그곳을 이상향으로 들먹이고 싶진 않다. 하긴 자신이 딛고 있는 일상의 순간에서도 잠언을 발견하지 못하는 이가, 자연이 숨겨 둔 위대한 잠언에 공명할 리도 없다. 도시의 삶을 가지고 내려와 전원의 풍경만을 소유하려는 이들이 대개, 그 감흥의 기한이 다하면 풍요로운 고즈넉함을 더 이상 견뎌 낼 수 없는 무료함으로 느끼는 것처럼….

음악과 시적 언어

'햇살 가득 눈부신 슬픔 안고 버스 창가에 기대어 우네.'

얼마 전, 다반 대표님과 구기동의 한 카페에서 서상익 작가님과의 기획에 대한 이야기를 나누고 있었는데, 카페 안에는 내내 7080의 음악이 흐르고 있었다. 이문세의 〈가로수 그늘 아래 서면〉이 흘러나오자, 하던 이야기를 멈추고 잠시 그 음악에 심취한 둘이서 잇댄 말은, 그냥 '좋다'였다. 모르는 멜로디와 가사도 아니거늘, 마치 처음 듣는 음악인 양…. 아마 임진모가 그 광경 속으로 들어왔어도 그 표현밖에는 할 수가 없었을 게다. 하긴 수많은 찬탄의 수사가 결국엔 그 단어로 수렴되기 위해 애써 둘러 가는 여정이니….

항상 시적완성도를 추구했다는 이영훈의 가사. 그 중에서도 〈가로수 그늘 아래 서면〉의 가사, 아니 이 풍경이 왜 그렇게 좋은지 모르겠다. 어릴 적에 들었을 때도 무척이나 좋았었는데, 글쟁이로서의 삶을 택한 이후에는 내 이상향이 되어 버린 경우이다. 나는 철학자가 되고 싶은 생각도, 문인이 되고 싶은 생각도 없다. 그냥 저 가사와 같은 문장들로만 채워진, 그런 페이지로만 채워진 책들을 써보고 싶다. 그게 쉽지가 않아서 뻑하면 철학자들을 인용하고, 걸핏하면 문인들을 인용하는 것이기도 하다. 아직은 저것이 가능하지 않기에, 당장에 가능한 것들로 회귀하는, 내 지평의 한계를 고백하는 습관일 뿐이다.

쇼펜하우어는 최고의 예술 장르를 음악으로 꼽는다. 나중에는 결별을 고하지만서도, 음악을 최고의 미학으로 간주한 쇼펜하우어에게는 니체 역시 동의한다. 실상 미술에 대해서는 이렇다 할 글월을 남기지도 않았다. 글에 있어서도 니체가 가장 신경을 쓴 부분은 음악적 요소들이다. 자신의 글을 '다른 사물과도 거의 무의식적인 음악 관계를 통해서만 연결되는' 것으로 자평하기도 한다. 어려서부터 작곡을 했을 정도로, 음악에도 재능이 있었던 철학자이기도 했다. 니체답게, 너무도 니체답게, 자신의 음악적 재능에도 확신은 있었지만 그 자뻑의 영감을 글쓰기의 능력에 집중했다.

좋은 산문가의 전략은 시에 매우 근접하되, 결코 그것을 넘어서서는 안 된다는 데 있다.

— 프리드리히 니체

한자문화권의 문장에서는 부(賦, 문체의 한 종류로서 시와 산문의 중간)류의 글들이 니체의 견해에 부합하지 않을까 싶다. 니체의 견해대로라면 소동파가 쓴 《적벽부(赤壁賦)》는, 중국 문학사상 가장 위대한 문호가 문체에 있어서도 탁월한 선택이었던, 가장 잘 쓴 글인 셈이다. 그래서 한문학의 문외한들도 소동파와 《적벽부》는 얼핏이나마 들어 본 게 아닐까? 철학의 문외한들도 니체와 '신은 죽었다'를 들어는 봤듯이….

묘비명과 잠언

위대한 인물들은 스스로 동상의 받침대를 만든다. 동상
은 미래에 세워진다.

— 빅토르 위고

위고가 발자크의 묘비 앞에 흩뜨린 헌사였다고 한
다. 쇼펜하우어는 망자를 추모하며 비석에 새겨 넣는
글을 문어체의 모범으로 삼아야 한다고 말했다. 간결
하면서도 함축적인 단 몇 줄의 문장으로 그가 살다 간
삶을 대변하듯…. 때문에 그의 철학이 잠언적 성격을
띠는 것인지도 모르겠다.

니체는 험준한 산을 오르는 듯한 노고가 깃드는 글
쓰기와 독서밖에 인정하지 않는다. 그리고 봉우리에
서 봉우리로 건너가는 가장 간편한 도약을 잠언에 비
유한다. 그 간편함이 소용이 되기 위해선, 그것을 쓰
는 이나 읽는 이의 지평이 전제되어야 한다. 다시 말
해, 험준한 산을 숱하게 오르내린 이력의 끝에서나 가

능한 효과라는 것. 그 노고의 이력을 증명하기라도 하듯, 니체를 설명하는 가장 흔한 수식이 '금언의 철학자'이다.

다시 위고의 어록으로 돌아가 보자. 결국 저 자신에 대한 헌사이기도 했던 이 말은, 잠언에 대한 니체의 글쓰기 철학을 대변하는 잠언이기도 하다. 스스로를 증명해 보이고자 했던 숱한 시도와 실패, 한 번도 멈추지 않았던 노력. 그 이력 끝에 자신의 삶을 설명할 수 있는, 겨우 고작 몇 줄의 잠언을 완성하는 것. 바람처럼 왔다가 이슬처럼 갈 수는 없는, 킬리만자로의 표범과도 같은 꿈을 꾸는 자들에게, 삶이란 그런 게 아닐까? 봉우리에서 기다리고 있는, 어쩌면 기대한 것만큼은 아닌 대단치 않은 몇 줄의 수사를 위해, 오르고 또 오르는 것.

글쓰기와 사유

더 잘 쓴다는 것은 더 잘 사고한다는 것을 뜻하기도 한다. 이 말은 전달할 가치가 더욱 큰 것을 생각해 내고, 그것을 실제로 전달할 수 있다는 것을 뜻한다.
— 프리드리히 니체

자유로운 사유의 표현이지만서도, 어떤 사람들은 자기 지평 너머의 것들을 이야기하고 쓰려 한다. 그러니 내실과 심도가 갖추어졌을 리 없다. 어떤 식으로든 자기 지평을 증명하는 셈이긴 하다.

니체는 하나의 조건을 더 덧붙인다. 잘 읽는 능력이 구비되어야 건강한 사유를 변별할 수 있으며, 그 역시 일단 이미 건강한 사유를 지닌 독자들에게서나 가능한 일이다. 지금이야 주류의 철학에서도 왕좌인 니체이지만, 한참의 세월 동안 통하지 않았던 니체를 일찍이 알아본 몇몇 철학자들에 의해 주류의 방향이 바뀌었듯….

문체에 관하여

문체는 정신의 관상이다.

— 아르투어 쇼펜하우어

좋은 문체는 좋은 인간에게서 나온다.

— 프리드리히 니체

편집장의 자격으로, 블로거들이 게재한 글들을 찬찬히 살펴보고, 간간이 대표님에게 추천을 하고 있는 중이다. 어차피 시장성이 확보된 작가들이야 메이저 출판사들과 계약을 맺고 있으니, 아직 강호로 나오지 않은 잠재태들과 지금부터라도 새로운 유니버스를 지어 올려 보고자…. '시카고 플랜'을 함께 작업한 디오니소스 친구들도 그런 취지였다. 무협지로 치면 소림사와 무당파에서 독립한 이들이 만들어 나가는 사파 개념이라고나 할까? 나도 나름대론 학계 출신이고, 대표님은 메이저 출판사 출신이니….

글을 읽다 보면 그 사람이 처한 실존적 상황들까지 대강 느껴질 때가 있다. 많은 지식을 소유하고 있지만 어딘가 모르게 외골수인 듯한 경우, 지금의 처지를 긍정하고자 그 밖의 담론에는 다소 냉소적인 스탠스를 취하는 경우, 해탈의 경지에 올라섰다는 듯 탈속의 레토릭에만 '집착'하는 경우, 세상 다 살아 봤다는 듯 하향적 가르침의 뉘앙스로 일관하는 경우 등등. 물론 누군가의 문체에 품평을 늘어놓을 깜냥도 아니거니와, 그렇다고 시장에서 어떤 반응이 있을지에 대한 안목을 갖췄다고도 생각하지는 않는다. 다만 격의 문제라기보단 결의 문제이다.

글에 대한 욕망을 지닌 분들 중엔 자기 신념과 낭만에로만 회귀하는 경우도 적지 않기에, 저 분과 작업을 하면 원만한 소통이 이루어질 수 있을까 하는 고민과 더불어 살피게 되는 정신의 관상. 이런저런 경우를 겪다 보면, 그에 대한 대처 방안도 체득하게 되지만, 차라리 애초부터 대처를 할 필요가 없는 경우를 고심하기도 한다.

철학의 문제

객체는 부분적으로 즉자적인 존재, 혹은 일반적으로 사물로서 즉자적인 의식에 대응한다. 부분적으로 그 자체와 그 관계 혹은 타자를 향한 존재성, 그리고 그 자체의 존재성, 다시 말해 결정성이 타자화한 존재로서 직관에 대응한다. 그리고 부분적으로 본질, 혹은 보편의 한 형식으로서 오성에 대응한다. 그것은 총체로서 추상이며, 혹은 개별성에의 결정성을 통한 보편성의 작용이다. 또한 개별성으로부터 대체된 개별성 혹은 결정성을 거쳐 보편성에 이르는 반작용이다.

— 게오르크 헤겔

《정신현상학》의 어느 페이지에 헤겔이 적어 놓은 저 말이 무슨 의미인지 이해할 수 있겠는가? 헤겔의 페이지들은 철학에서도 최고 난이도에 속한다. 철학을 공부하고 싶어 하는 분들 중엔, 니체나 쇼펜하우어의 잠언 같은 구절들을 기대하고 집어 들었다가도, 이런 '하드코어'에 주저앉는 경우가 대부분일 터, 나도 그랬다. 지금도 헤겔의 글들이 술술 읽히지만은 않는다. 이 구절도 헤겔의 저서를 읽다가 인상 깊었던 페이지를 기억해 둔 것이 아니라, 알랭 드 보통이 어느 소설에 '어려운 문체'의 사례로 인용한 경우를 서머리 노트에 적어 놓았던 것이다.

신비화는 그 속에 심오한 뜻이 숨겨 있지 않을까 하는 큰 착각을 불러일으킨다.

— 아르투어 쇼펜하우어

쇼펜하우어가 그토록 헤겔을 비판했던 이유이기도 하다. 쇼펜하우어는 흔히 교양서에서 독일 관념론의 챕터로 함께 묶이는 피히테, 셸링, 헤겔 모두를 비판하고 있지만, 역설적으로 당대에는 이들의 문체가 대세였다. 그것을 증명하기라도 하듯, 유럽의 대다수 청년들의 선택은 헤겔이었고, 같은 대학교에 근무하고 있었던 쇼펜하우어의 수업은 폐강의 굴욕을 당했다.

한때는 문단에서도 이런 경향과 사조를 추구했었단다. 도통 무슨 말인지 이해할 수 없게 쓴 글을 지식인으로서의 표상으로 여기는…. 물론 헤겔의 철학도 당대의 시대정신과 함께 이해할 일이고, 그보단 진보의 입장이었던 쇼펜하우어를 이해할 일이지, 쇼펜하우어의 비판으로만 헤겔에 대한 이해를 대신할 것도 아니다. 쇼펜하우어의 비판처럼 그토록 형편없는 철학이 오늘날까지 연구되고 있을 리도 없지 않은가. 그러나 '신비화'에 관한 쇼펜하우어의 지적 또한 여전히 현재 진행형이다.

헤겔의 저 어록이 무슨 말인고 하니, 조금 더 쉽게 로크의 키워드를 빌려 설명하자면 제1성질과 제2성질에 관한 이야기이다. 제1성질은 사물 자체가 지니고 있는 성질이다. 제2성질은 우리의 외적 감각과 내적 감각의 결합을 통해 만들어 내는 정보이다. 내적 감각이란, 저마다의 생활체계로 저마다의 경험을 살아가기에 사람마다 편차로 지니고 있는, 감각에 대한 해석 체계라고 이해하면 된다. 이렇듯 직관과 오성을 거친 정보로부터 보편성을 추출하는 작업이 이성의 기능이다. 보다 쉽게 설명하겠노라 로크를 끌어들인 대안은 과연 이해가 쉬운 경우인 걸까?

철학의 문체가 왜 이렇게 어려운가 하면, 일단 개념 자체가 쉽지 않기에, 그에 대한 설명도 쉽기에는 한계가 있다. 학계는 어찌 됐건 저 패러다임 안에서 논문을 써야 하는 입장이다 보니, 저 문체에 준할 수밖에 없다. 그래야 시간강사 자리라도 얻을 수 있는 생존의 문제도 얽혀 있고…. 또한 철학을 공부하는 초창기에는 저런 '하드코어'가 매력적으로 느껴지기도 한다. 니체의 어록을 빌려 설명하자면, 인간은 쉽고 소박하게 쓰는 법보다 거창하게 쓰는 법을 더 빨리 배우기에…. 알랭 드 보통의 지적도, 지식인들이 봐도 알쏭달쏭한 이 구절을, 지식에 대한 욕망을 지닌 사람들은 '수준'으로 받아들인다는 사실에 관해서이다.

나 역시도 그랬다. 더군다나 동양학 전공자이다 보니 전문성에 대한 강박까지 지니고 있었다. 그러나 또 책이 안 팔려 보면 상품성에 대한 강박에 시달려야 한다. 당장에 선택한 방향성에서는 포기되어져야 하는 것들도 있기 마련이고, 실상 그 절충의 영점을 잡은 지도 얼마 되지 않았다. 그런데 또 그렇게 실패하면서, 말아먹으면서 영점을 잡아 가는 거다. 인생이 그러하듯….

철학의 문제

**쉬운 개념을 어렵게 설명하는 것은 범용한 능력이고,
어려운 개념을 쉽게 설명하는 것이 뛰어난 능력이다.**

— 아르투어 쇼펜하우어

쇼펜하우어의 문장론이 꿰고 있는 하나의 주제는, '평범한 말을 사용하라. 그리고 특별한 것을 말하라'이다. 이는 일방적으로 라이벌 의식을 지니고 있었던, 실상 피해의식이라고 해야 더 온당할 듯한, 헤겔에 대한 비판이기도 했다. 쉬운 말을 어렵게 하는 것이 철학이라 했던가? 그중에서도 헤겔은 더 어렵기로 유명한 철학이다.

쇼펜하우어의 신념만큼이나, 그의 저서늘은 철학도들 사이에서 재미있는 철학으로 통한다. 한때 그의 계보를 자처했다가 끝내 결별을 한 니체도, 문체만큼은 그의 문장론을 따르고 있다. 그러나 철학을 처음 접하는 이들에게는 쇼펜하우어의 주저인 《의지와 표상으로

서의 세계》도 뭐가 어떻다는 것인지 결코 이해가 쉽지 않은 난해함일 것이다. 아무리 쉽고 재미있게 써도, 어쨌거나 그 역시 철학이기에….

그러나 쇼펜하우어의 저 어록을 근거로, 쉬운 개념만 들어 쓰는 철학책을 좋은 책이라 말할 수도 없을 터, 어려운 개념을 쉽게 말하는 것과 쉬운 개념을 쉽게 말하는 것은 또 다른 이야기이다. 때문에 '쉬운 글'을 표방하는 이들의 신념도 의심해 볼 필요는 있다. 자신에게서 가능하지 않은 역량을 '쓸데없이 어렵게 쓴 글'로 폄하하는 이들도 분명 있다.

한때 심취해 있었던 탁구로 예를 들어 보기로 하겠다. 나는 왼손잡이다. 오른손잡이들을 상대할 일이 많기 때문에, 왼손잡이들은 백핸드 기술이 좋아질 수밖에 없다. 취약의 방향이 오른손잡이들보다는 일찌감치 사라지기 때문에, 어중간한 레벨에서는 왼손잡이들이 유리하다. 더군다나 왼손잡이는 주로 오른손잡이를 상대하지만, 오른손잡이들이 왼손잡이들에게 익숙해질 기회는 상대적으로 적다.

그런데 왼손잡이가 왼손잡이를 상대하게 되는 경우엔, 동일한 정체성을 공유하고 있으면서도 도리어 서로가 낯선 역설이 펼쳐진다. 왼손잡이 역시 왼손잡이를 상대할 경우가 그리 많지 않기 때문이다. 왼손잡이도 실상 오른손잡이의 패러다임에 더 익숙해져 있는 것이다. 왼손잡이의 생활체계는 순수한 왼손잡이로서의 특성이 아니다. 이미 어느 정도는 오른손의 체계에 준한다. 지금까지 써내린 탁구의 비유는, 하이데거의 다자인(Dasein) 개념을 내 나름대로 쉽게 설명할 수 있는 사례이다. 하이데거도 어렵게 말하기로는 헤겔을 넘어선 철학자이다.

헤겔과 하이데거를 가장 쉽게 설명할 수 있는 방법은, 헤겔과 하이데거의 난해한 개념과 어록들을 배제하고서 쓰는 것이다. 그런데 철학에 관한 해설서를 집어 드는 독자들이 알고 싶어 하는 지식의 체계가 나의 방식일까? 헤겔과 하이데거의 방식일까? 때문에 비교적 이해가 쉬운 개념들만 들어 쓰지 않는 한, 철학의 입문자들을 만족시킬 수 있는 쉬운 문체라는 것도 다소 한계가 있다. 철학의 문체가 그렇게까지 쉬워지지 못하는 이유이기도 하다.

쓰기의 존재론

"야! 쓰는 것 좀 가져와 봐!"

군복무 시절, 선임 중에 말을 꼭 이런 식으로 하는 놈이 있었다. 그 상황적 맥락을 내가 충분히 인지하고 있는 경우이면 모르겠는데, 지금껏 걸레 빨다가 들어온 이에게 다짜고짜 '쓰는 것'을 가져오라고 하면, 나는 볼펜을 가져가야 하는 것일까? 아니면 빗자루를 집어야 하는 것일까? 모자와 톱은 아닐 테고….

내가 쓰는 것이 곧 내 자신이다.

— 미셸 드 몽테뉴

단 몇 줄의 코멘트라도 달고 싶었는데, 탈고의 시간이 다가오도록 뭔가가 떠오르지 않았던 몽테뉴의 어록. 어느 날 문득 떠올린 동음이의의 추억에, 내 주변을 채우고 있는, 내가 '쓰는' 물건들을 살펴봤다.

책상의 중심을 차지하고 있는 노트북 옆으로, 어제

사용하고서 미처 제자리에 갖다 놓지 않은 손톱깎기와, 얘는 과연 제자리가 어디일까를 한 번도 궁금해본 적이 없는 TV 리모컨. 그 앞에 커피가 반쯤 채워진 머그컵, 그 너머에서 계절을 모르고 돌아가는 선풍기. 그 아래로 방바닥에 아무렇게나 벗어 던진 티셔츠와 그 옆에 널브러져 있는 지갑과 핸드폰. 무슨 조화인가 싶겠지만, 요새 원고화 작업을 진행하느냐 다시 들춰보고 있는 니체의 저서 한 권이, 가뜩이나 어수선한 풍경에 어수선함을 더하고 있다.

이 정지상태의 변증법적 순간으로부터 유추할 수 있는 나는 어떤 사람일까? 니체의 책 한 권으론, 내가 철학과 관련한 저자인지 독자인지가 구분되지 않지만, 아무렇게나 놓일 수 있는 최단 거리로 배치된 모든 것이 나의 성향을 대변하기도 한다. 정리정돈에는 다소 게으른 성격이라는 것. 순간 니체의 저서 제목이 나를 가리키고 있는 듯 했다. 이 사람을 보라!

그런 사람이 글을 썼다는 사실로 인해 이 지상에 사는 즐거움이 배가되었다던, 몽테뉴에 대한 니체의 평가. 그렇듯 몽테뉴가 쓴 것이 몽테뉴를 대변한다. 다시 몽테뉴의 어록으로 돌아가 본다. 내가 쓰는 것이 곧 내 자신이다. 내가 쓰는 것들이 나를 대변하기도 한다. 글이든, 물건이든….

우리 모두 여기에

작가란 과거의 시간에 생명을 불어넣는 사람, 사라져
가는 시간에 거역해서 글을 쓰는 사람이다.
— 귄터 그라스

　아직도 기억 속에 선명한 학창시절의 어느 날, 나는
어느 여자고등학교 축제 일정 중 '문학의 밤' 행사에
참석하고 있었다. 그렇다고 내가 교지편집부였던 것
도 아닌데, 초등학교 동창 녀석의 성화에 못 이겨, 또
한 남학교만 다녀 본 터라 여학교를 구경해 볼 심사로
반 친구들과 함께 들러 본 것. 그 해의 그녀들이 내건
슬로건은 〈우리 모두 여기에〉라는 유영석(푸른하늘)의
노래 제목이었다. 행사의 중간중간, 그 노래가 페이드
인과 페이드아웃을 반복하고 있었다.
　기억하려고 했던 건 아닌데, 이 나이가 되도록 잊혀
지지도 않는 그날의 풍경이 이 기획으로까지 이어지
고 있는 것이다. 그날 거기에 모여 있던 학생들은 지

96

금은 어디서 어떤 모습으로 나이 들어가고 있을까 하는, 삶에 관한 질문이기도 하고…. 내게 있어 문학이란, 프루스트의 《잃어버린 시간을 찾아서》를 읽기 전부터, 이렇듯 회상의 이미지였다.

모교로 교생실습을 나갔던 한 달 동안, CA활동 시간에는 도서부를 맡았다. 우리 때도 이미 그 이전 세대보다는 '교지'의 의미가 많이 퇴색되어 있었지만, 그런 구색이라도 갖추고 있는 시절이었다. 다른 학교와 서로 교지를 교환하기도 했고…. 담당 교생으로서 들어선 도서관에는, 그 시절 그 여자고등학교에서 발행한 교지가 꽂혀 있었다. 학창시절에 지녔던 열망을 접고서, 현실과의 타협 속에서 교생이 되어 돌아온 처지였기에, 그 교지가 꽂혀 있던 풍경이 꽤나 크게 와 닿았던 것 같다. 그때 그 '문학의 밤' 행사에 모여 있던 학생들은 다 나와 같은 심정일까 하는 질문과 더불어….

이 바닥으로 발을 디딘 그 순간부터 회상의 이미지들을 차곡차곡 적어 내리고 있었다. 그리고 《그로부터 20년 후》부터 하나둘씩 꺼내어 보기 시작했다. 실상 다반 대표님과도 회상에 관한 어느 원고로 인연이 된 것이다. 이제는 출판사의 상황을 살펴가면서 슬슬 단행본 분량의 이야기를 꺼내어 보려고…. 내 이야기만이 아닌, 그 시절 어느 학교의 '문학의 밤' 행사에 참석하고 있었을지도 모를 누군가들의 이야기도 함께 기획 중이다. 그 시절로부터 어지간히 밀려난 어딘가를 살아가고 있을 그들이 다시 모일 수 있는, 다시 찾은 〈우리 모두 여기에〉의 페이지들을 만들어 가보려고….

거창하게시리 소명이라고까지 표현하기는 뭣하지만, 글쟁이로서 또 기획자로서 그려 보고 있는 문학적 소망은 그런 것이다. 우리 모두에게, 그들 각자에게, 그 시절을 다시 돌려주는 것.

Ⅱ. 언어의 바깥에서

체험적 인문

당신은 이야기를 만드는 '메이커'이자 동시에 이야기
를 체험하는 '플레이어'이다.
— 무라카미 하루키

　다반 출판사가 오래전부터 구상하고 있던 기획 중
하나가, 문인과 철학자들의 글쓰기 관련 어록에 관한
것이었다. 그 소망을 모르지 않기에 나도 서머리 노트
를 다 뒤져서 관련 문장들을 그러모아 봤는데, 한 권
분량까지는 되지 않았다. 그래서 이 기획을 내내 미뤄
두고 있었던 것이기도 하다.
　쇼펜하우어와 헤세의 문장론을 읽어 봐도, 요즘의
감각에서 건질 수 있는 문장은 서너 페이지 정도밖에
안 된다. 이 기획에 도스토예프스키나 톨스토이의 어
록이 없는 이유가 그렇다. 글쓰기에 관한 한, 아무리
훑어봐도, 개인적으로는 다소 상투적이고도 노회한
느낌이어서…. 독자들이 원하는 표현들은 대개 위에

쓴 하루키 식이 아닐까? 글쓰기에 관해서인 동시에 삶에 관한 이야기이기도 한….

　어쩌면 이런저런 문장들을 찾아 메모해 두는 습관 자체가, 글쓰기에 관한 체험적 인문인지도 모르겠다. 릴케가 말했듯, 꿀벌이 꿀을 모으듯 의미를 그러모으다 보면, 은연중에 패러프레이즈를 하며 나의 문장으로 다시 쓰여지기도 하고, 그 와중에 머지않은 훗날 누군가의 앞에서 작가로서 들려줄 자신의 스토리텔링이 채워지는 것이기도 할 테고…. 그 회상의 순간에, 저 하루키의 문장을 다시 꺼내어 인용할지도 모를 일이다. 작가를 꿈꾸는 여러분은 '메이커'인 동시에 '플레이어'이어야 한다면서….

작가로서의 경험

작가가 되고 싶다면 인생의 모든 우여곡절을 겪어 봐야 한다. 우여곡절은 앉아서 기다리는 사람에게는 찾아오지 않는다. 밖으로 나가서 찾아라. 때로 정강이가 까질 수도 있지만, 그런 경험을 언젠가는 요긴하게 써먹을 수 있을 것이다.

— 윌리엄 서머싯 몸

자신이 살아온 인생을 작품 속에 집어넣는다던 서머싯 몸은 자전적 작품을 많이 쓴 작가로 알려져 있다. 특정 작가의 성향이 아니더라도, 작가 자신의 경험에 기반한 각색이 가장 진정성 있는 스토리텔링이 아닐까? 그 증거로서의 《죽고 싶지만 떡볶이는 먹고 싶어》가 일으킨 신드롬이었을 테고….

한창 사랑하고 있을 때보단 이별을 겪는 순간에, 미처 다 말하지 못한 사랑의 표현들이 느닷없이 또 눈치 없이 차오르던 경험. 내가 그 사람을 얼마나 사랑하고 있었는지에 대한 성찰은 이별 후에 더 처절히 다가오고, 평범함의 행복 또한 행복하지 않은 시간을 통해서나 절실히 깨닫는 법이다. 뿌리가 지하 깊이로 파고들어 갈수록 가지는 보다 높은 하늘을 향해 뻗어 나듯, 곪아 드는 만큼으로 채워지는 무언가로부터 수습된 어휘들이 절절히 메워 가는 승화의 문장도 있다.

반드시 그런 곡절을 겪어야 하는가에 대한 질문엔, 누구나가 그런 곡절의 기억 하나쯤은 지니고 있는 체험적 인문이란 사실로 대답할 수 있을까? 또한 나만큼 힘들어 본 사람은 없을 거라며, 자신이 겪은 시련에 비교우위를 점하려 드는 인간의 심리일반까지 감안한다면, 이만한 인문학적 보편성의 성격도 없다. 그런 공감의 능력을 함양하는 일은, 카페 한 구석에서의 수사에 관한 고심만으로는 가능하지 않을 터, 차라리 카페 테이블 위에서 오갔던 이별의 말들을 회상해 보시는 건 어떨까? 내가 받았던 상처와 내가 주었던 상처를 곱씹다 보면, 상처에 관한 보다 공감 있는 문장들이 쏟아져 나올지도 모를 일이니….

인생의 우연성

내 인생을 회고하면 내게 생생한 영향을 미친 일들은 순전히 우연한 상황에 의해서 벌어졌다는 것을 주목하지 않을 수 없다. 결정론은 인간의 선택은 가장 저항이 작은 방향, 혹은 가장 강력한 동기를 따라 움직인다고 말한다. 나는 언제나 저항이 가장 작은 방향을 따라간 것도 아니었다.

— 윌리엄 서머싯 몸

《서밍 업》이란 에세이에 적혀 있는 구절, 소설가는 그렇듯 우연을 끌어안을 수 있는 열린 체계로 살아가야 한다는 것. '최상이 아닌 것들을 받아들이지 않고 거부할 경우, 당신은 거의 항상 최상의 것을 얻는다' 던 그의 또 다른 어록에서처럼, 인생이 내 열망의 방향성과 맞아 떨어지는 기꺼운 것들로만 잇대는 시간도 아닐뿐더러, 신념의 체계 밖에 놓여 있던 새로운 열망의 미래를 발견할 때도 있다.

서머싯 몸과 관련해 문득 떠오른 일화 하나, 어릴 적에 봤던 이경규의 〈몰래카메라〉 이범학 편. 당시 한창 인기를 구가하던 프로그램에 이경규가 새 MC로 발탁되었다는 설정으로, 당시 한창 인기를 구가하던 가수 이범학을 속이는, 몰래카메라의 레전드 편으로 회자되는 회차이기도 하다. 유튜브 영상으로 다시 검색해 보니 〈퀴즈 아카데미〉라는 제목의, 일반 대학생들이 출연해 퀴즈를 푸는 포맷이었다.

여기에 출연한 '달과 600냥'이란 팀이 작명의 이유를 밝히는 장면에서 언급한 서머싯 몸과 《달과 6펜스》. 오늘날과 비교해 보면, 지금보다는 풍요로웠던, 당시 대학생들의 인문적 소양을 증명하는 작명 센스이기도 했던 것 같다. 왜였는지 모르겠는데 그 작가와 작품명이 꽤 오래도록 기억에 남았다. 좁아터진 집 구석의 한 켠을 차지하고 있던 아버지의 책장, 가족들 중에 아버지 말고는 아무도 꺼내 보는 이가 없었던 세계문학전집 속에 그 제목이 꽂혀 있기도 했다.

한참의 세월이 지난 후에야 그것을 꺼내어 읽어 볼 이유가 생겼다. 돌아가는 상황을 보아 하니, 어떻게 될지 확신은 없는데, 어찌 됐건 《시카고 플랜》 후속작으로 세계문학에 관한 기획을 준비하는 중이다. 내가 맡은 파트는 아니었지만, 아버지 생각도 나고 해서 한번 읽어 봤다. 마침 그 시기에 고흐의 미학에 관한 글을 쓸 일이 있어서 고갱의 삶에 대해서도 살폈던 터, 삶이 건네는 우연성은 가끔씩 그토록 기가 막힌 타이밍으로 기다리고 있다.

출판사 대표님에게 문학 임프린트를 론칭하자고 간간이 떼를 쓰는 중이다. 추이를 살피면서 절충의 방향성으로 차근차근 준비를 하고 있다. 이젠 철학 쪽은 다른 사람에게 맡기고, 나는 문학 쪽으로 건너가고 싶은 열망이 차오르던 시기에, 아버지의《달과 6펜스》가 다시 눈에 들어왔다. 어린 시절에는 책 읽기를 좋아하지도 않았을뿐더러, 이런 미래를 한 번도 상상해 본 적이 없었거늘, 그 자리에서 세월의 더께를 이고 나를 기다리고 있었나 싶기도 하고, 이제사 발견한 파랑새인가 싶기도 하고, 결국엔 내가 아버지의 열망을 대신 살고 있는 것인가 싶기도 하고….

현실과 초현실

소설가는 자신의 생애라는 집을 헐어, 그 벽돌로 소설
이라는 다른 집을 짓는 사람이다.

— 프란츠 카프카

카프카의 작품 세계로 설명한다면, 현실을 짓이겨 다시 지어 올린 초현실이라고 할 수 있을까? 사후에나 그 유고들이 신드롬을 일으켰지만, 실상 카프카의 생애는 모든 것이 미완성이었다. 실상 어느 문인인들 스스로의 인생을 완결로 이야기하겠냐만, 카프카에겐 너무 짧았던 40년의 세월. 우울한 날들에 관한 알레고리도 실제적 삶으로 체험한 작가 자신의 초상이다. 현실에서는 끝내 닿을 수 없었던 것, 그 완성에로의 열망이 항상 현실의 경계 너머를 내다보고 있었던 것은 아닐까? 그러나 그 또한 치열한 현실을 동력으로 하는 환상으로의 여정이었다.

작가의 전 생애가 질료라면, 또 그에 부합하는 삶을

살아야 하는 것 아닐까? 글쓰기의 글감을 고민하는 순간보다, 글감이 될 만한 순간들을 가득 체험할 수 있는 생활체계가 앞서야 하는 문제이기도 할 것이다. 소설가로서 살고자 한다면, 소설처럼 살아야 하는 것. 고독과 소외, 타락과 방황, 후회와 참회, 일탈과 이상이 갈마드는 전 생애가 하나의 천칙이다.

전지적 시점도 1인칭의 시점에서 비롯되는, 결국엔 작가 자신의 삶을 경유하는 타자화이다. 그러니 책으로만 읽을 것이 아니요, 들어앉아 상상만 하고 있을 것이 아니다. 차라리 책의 바깥에서 사랑하고 이별하는 순간에 다 주워 담을 수 없을 정도로 많은 문장들이 난데없이 쏟아져 나오지 않던가. 그렇듯 '쓰기'를 위한 최적의 조건은 '살기'를 통해 성립된다.

소설처럼 산다

사람들이 책을 옆으로 치우고, 삶의 모든 다른 측면에서 그것이 주는 균형, 즐거움, 충만한 기쁨, 그리고 그것들이 우리에게 전달될 때 수반하는 영롱한 편안함과 아름다움을 기억해 낼 때, 사람들은 비로소 그 작가가 그를 지탱하는 신념의 중추를 가진 것으로 신뢰한다.
— 버지니아 울프

　번역자의 말을 빌리자면, 울프만큼 많이 알려져 있으면서 울프만큼 읽히지 않는 작가도 드물 거란다. 울프의 작품들이 다소 어렵기 때문에…. 인용한 부분을 읽어 봐도 짐작할 수 있겠지만, 읽어 내려가다가 다시 올라와야 할 정도로, 그다지 술술 읽히는 문체는 아니다.

　개인적인 경험을 예로 들자면, 내리쬐는 여름 햇살 아래의 테라스에서 시원한 맥주를 연거푸 들이킬 때면, 《이방인》의 어느 페이지가 떠오르곤 한다. 찬란한 여름 안에 놓인 투명한 맥주잔, 약간의 취기 주변으로 모여드는 신카이 마코토의 빛과 미야자키 하야오의 바람과 알렉산더 포프의 시. 순간적으로나마 뫼르소의 충동이 이해되기도 한다. 정말이지 죽어 버리고 싶도록 아름다운 계절, 그 계절의 풍광에 비교하면 도무지 해명이 되지 않는 이 권태로운 삶. 그래서 글이라도 쓰는 것, 그러나 결국엔 그 이상에 닿지 못하고 그 주변만을 맴도는 빛과 바람과 시.

눈이 부시도록 산란하는 햇살로부터 분화된 다른 사건, 카뮈는 소설을 썼고, 카뮈의 소설 속을 살아가던 뫼르소는 살인을 저지른다. 그리고 카뮈의 소설을 좋아하는 이는 뫼르소를 떠올려 보고…. 그저 허구로 닫힌 것이 아닌, 소설 밖으로까지 이어지는 장면들이 내 삶의 순간으로 발견될 때, 그 작가를 사랑하는 충분한 이유가 되지 않을까? '소설처럼 산다'는 내 삶의 미학을 해명해 주는 듯한 작가, 예전부터 다반 대표님에게 제안을 드리고 있는 주제이기도 하다. 평론가 김현의 말을 빌리자면, 우리가 문학을 읽는 이유는, 내 안에서 들끓고 있는 열망의 정체를 잘 모르겠어서 타인의 사례들을 넘겨다보는 것이다. 일찍이 니체가 도스토예프스키를 최고의 심리학자로 말했듯, 타인의 삶으로써 나의 삶을 해명해 주는, 우리 삶에 문학적 순간을 선사해 주는 작가들에 관한 기획을 준비 중에 있다.

그나저나 버지니아 울프의 어록을 카뮈의 이야기로 대신한…. 실상 나도 울프의 글을 많이 읽어 보진 않았다.

꿀벌의 비유

나는 시도 몇 편 썼다. 그러나 젊은 나이에 시를 쓰는 것만큼 무의미한 것은 없다. 시는 언제까지나 끈기 있게 기다려야 한다. 사람은 일생을 두고 그것도 할 수만 있다면 70년 혹은 80년을 두고, 꿀벌처럼 꿀과 의미를 모아야 한다. 그래야만 마침내 마지막에 겨우 열 줄 정도의 훌륭한 시를 쓸 수 있다. 시는 사람들이 생각하는 것처럼 감정이 아니다. 시가 감정이라면 이미 젊은 나이에도 충분히 쓸 수 있을 것이다. 사실 시는 경험이다. 한 줄의 시를 위해서 많은 도시, 많은 사람, 많은 책을 보아야 한다.

...

그런데 이러한 추억을 가지는 것만으로는 아무런 소용이 없다. 추억이 많아지면 다음에는 그것을 망각할 수 있어야 한다. 그리하여 다시 추억이 되돌아오기를 기다리는 커다란 인내심이 필요하다. 추억이 우리의 피가 되고, 눈이 되고, 표정이 되고, 이름을 알 수 없는 것이

되고, 이제는 우리 자신과 구별할 수 없게 되어서야 비
로소 뜻밖의 우연한 순간에 시 한 편의 첫 단어가 추억
의 한가운데에서 불쑥 솟아나고 그로부터 시가 시작하
는 것이다.

— 라이너 마리아 릴케

많이 인용되는 저 꿀벌의 비유는 《말테의 수기》에 적혀 있는 구절이다. 물론 시에 관한 릴케의 생각이겠지만, 소설 속에 릴케의 페르소나로 등장하는 시인의 대사이다. 릴케가 자신의 정신적 위기 속에서 태어난 인물이라고 했던, 아직은 무명의 시인인 말테가 이제야 사물을 보는 법을 배우기 시작했다며 늘어놓은 자기반성이기도 하다.

경험이란 것도, 결국엔 그 경험이란 명분으로 고정관념의 틀이 되어 버리기 십상이다. 때문에 망각을 전제로 한 체화가 필요하다. 자신의 신념에 전념하기보다는, 사물이 놓여 있는 현상 자체를 관망할 수 있는, 반성적 거리가 확보된 관찰력. 그런 게 직관이다. 그런 직관이 내게서 가능할지 어떨지 모르기 때문에, 많이 보고 만나고 배우는 것. 시를 쓰는 방법이기도 하려니와 스스로의 삶을 써내려 가는 방법이기도 할 것이다.

관점은 누적된 지평이 순간적으로 발휘하는 직관

의 토대이다. 즉 직관도 경험의 산물인 것이다. 오히려 그 영역에 관한 트레이닝이 되어 있지 않은 이들일수록, 무슨 이유에서인지 자신의 즉흥적 직관을 신뢰한다. 사람마다 자기 직관은 다 맞는 줄 안다. 너의 직관과 나의 직관의 충돌, 그 절충의 공약수는 어차피 논리와 경험일 수밖에 없다. 문제는 자기 직관을 내세우는 이들 앞에서는 논리와 경험이 다 무의미하다는 사실.

물론 세상사가 논리와 경험만으로 되는 것도 아니다. 그런데 최소한의 논리와 경험도 갖추지 못하는 이들이 왜 자기 직관은 신뢰도와 타당도로 여기는 것일까? 우유부단한 성격도 문제이지만, 확신만 그득한 이들도 경계는 하고 볼 것. 대개가 자신이 뭘 모르고 있는지를 잘 모르는 이들이다. 내 스무 살 시절이 딱 그랬었기에, 지나간 날들에 두고 온 나에 대한 반성이기도 하다. 게다가 추진력 하나는 갑이었던, 그 죽일 놈의 자신감 때문에 난황으로 미끄러진 경우가 한두 번이 아니었던….

데카르트와 세르반테스

나에게 있어 근대의 창시자는 데카르트만이 아니라 세르반테스이기도 한 것이다.

— 밀란 쿤데라

《소설의 기술》에 적혀 있는 구절. 그 해석은 차지하고서라도, 일단 철학적 소양을 지닌 문인이라는 사실은 증명하고 있는 근사한 문장이기도 하다. 쿤데라에 대한 이미지는 카뮈와 비슷하다. '철학이 어떻게 삶의 무기가 되는가'를 문학으로 보여 준 가장 대중적인 사례라고나 할까?

과학혁명으로도 이어지는 데카르트의 공로는, 당대 기독교 사회가 지니고 있던 신앙의 관성으로부터 이성적 사유를 분리해 낸 시도이다. 그러나 이성만능주의가 도래하면서 오로지 증명에만 몰두할 뿐, 시대가 바뀌어도 인간이 살아가는 구체적인 현장성에 대해서는 여전히 관심이 없는 지식인들이었다.

실상 합리적으로 과학적으로 설명되는 않는 순간들의 지분이 더 많은 삶, 또한 나와는 다른 규칙의 타자들과 관계를 맺고 살아가는 삶 속에 공리(公理)와 정리(定理)가 뭐 그렇게까지 중요한 문제란 말인가. 이런 이유로 니체 계열의 철학에서는 과학을 비판했던 것이기도 하다. 그런 무시간적 진리를 인간의 삶에 그대로 적용할 수는 없다. 우리는 원리 그 자체를 살아간다기보단 그것을 둘러싼 맥락을 살아간다. 이것이 본질에 앞선다는 실존의 테마이기도 하다.

쿤데라가 언급한 세르반테스는 비합리적이고도 모호한 경계를 살아가는 인간사에 대한 상징이다. 정도의 차이가 있을망정, 우리도 적지 않은 삶의 순간에 돈키호테와 별반 다르지 않은 비합리적 착시로 고집스럽지 않던가. 쿤데라의 저 어록 뒤로는, 인문사의 어느 순간부터 그런 실존적 맥락을 문학이 맡아 살피기 시작했다는 부연이, 하이데거 철학의 인용과 더불어 적혀 있다. 쿤테라뿐만이 아니라, 실존철학의 시대를 살았던 여간한 문인들은 다 철학자였다. 철학은 그 주관적 '차이'의 이유를 설명한다. 그러나 문학은 그저 보여 준다. 문인들의 철학적 직관은 삶의 모습 그대로를 서술할 뿐, 그에 대한 해답을 독자들이 고민하게끔 한다.

물론 시절이 다르고, 소설이 접하고 있는 지위도 다

르고, 《참을 수 없는 존재의 가벼움》을 읽는 독자도 드문 마당에, 그 시절과 같은 철학적 소양이 반드시 필요한 것인가를 물을 수 있다. 그러나 또 철학적 직관을 증명할 만한 문학적 레토릭은 다들 욕망하는 바, 철학서와 소설이 아니더라도, 그들이 섞어 간 삶에 관한 기술(記述)들을 읽어 볼 필요도 있다. 하이데거니 쿤데라니를 들먹이면 일단 폼은 좀 나잖아?

무명작가의 시대

> 말은 표정에 의해 꾸며질 수 있어도, 글은 그의 정신을
> 적나라하게 드러낸다.
>
> — 기 드 모파상

　텍스트의 바깥에는 아무것도 없다던 데리다의 어록
으로 대신 설명할 수 있을까? 내부로 침투하는 외적조
건들이 없기에, 오롯이 글로써 작가의 가치관을 살필
수 있다는…. 그러나 그 적나라함을 들여다보고 있는
것인지, 되레 그 글에 현혹되고 있는 것인지 또한 독
자의 지평 나름이다. 이도 아직은 영화(榮華)의 시대를
향유할 수 있었던 문인이 지향한 순수였는지 모를 일
이고, 실상 모파상의 시대에는 이미 상업출판이 대세
가 되면서 진정성 없는 글들에 대한 비판도 엄청나게
쏟아져 나오고 있었다. 이 바닥에서 뒹굴다 보면 어렵
지 않게 겪는 일이기도 하다. 물론 나부터가 그 한 자
락이 아닌지 반성할 일이지만서도, 말 따로, 글 따로,

삶 따로인 이들이 꽤나 많다

오늘날에야 '에펠탑 효과'를 설명할 때 함께 언급되는 '정보'로서 더 유명하겠지만, 현대적 형식의 단편소설의 효시가 되는 지점이기도 하단다. 체호프의 표현을 빌리자면 이전과 다른 글쓰기로 동시대의 글을 '고전'으로 만들어 버린 장본인. 체호프는 덧붙이길, 모파상 등장 이후에 멋진 글을 쓰는 작가들이 대거 등장했고, 따라서 무명작가에서 벗어나기가 더욱 어려운 시절이 되었다고….

천재의 조건

1989년작 〈배트맨〉에서의 가장 인상적이었던 장면. 조커로 분한 잭 니콜슨은, 살해 대상의 목덜미에 펜을 비수처럼 날려 꽂은 후에 말한다.

"펜은 칼보다 강하다."

주변의 경호원들이 손쓸 틈도 없었던 이유는, 그저 평범한 펜이 잠재하고 있던 살인무기로서의 특별함 때문이었다. 이 나이가 되도록 기억하고 있는 그 특별했던 장면은 영화 속에서 그가 맡았던 조커의 캐릭터를 대변하기도 한다. 그리고 꽤 오랫동안 조커의 표상은 단연 잭 니콜슨이었다. 〈다크 나이트〉의 히스 레저가 등장하기 전까지는….

자신이 연기했던 조커에 꽤 애착을 지니고 있던 그는, 자신을 뛰어넘는 조커가 나오기 힘들 거라고 생각했던가 보다. 〈다크 나이트〉 개봉 이후 히스 레저에게 사과와 존경을 표했다는 너무도 유명한 일화. 그렇듯 베테랑도 자기 미학에 취하는 순간, 시대를 읽지 못하고, 천재를 알아보지 못한다.

프루스트는 이전까지의 문학사에 존재하지 않았던 소설을 쓰기 위해 먼저 문예비평가로서 활동한다. 문단이 폐기하지 못하는 문제점들을 부단히 지적하면서, 자신이 비집고 들어설 새로운 시장의 토대를 다지고자 했던 마스터플랜이었다. 그러나 막상 《잃어버린 시간을 찾아서》를 출간하려 했을 땐, 선뜻 그에게 손을 내미는 출판사가 없었다. 프랑스 문단은 프루스트를 한낱 사교계나 드나드는 부유한 한량으로 취급했다. 또한 이전까지 독자들이 읽어 온 것과는 사뭇 다른 성격이면서도, 장편이어도 너무 장편인 그 두꺼운 볼륨을 감당할 수 있는 출판사가 없었다.

결국 프루스트는 자비출판을 할 수밖에 없었고, 문단이 예상하지 못했던 반향을 얻기 시작한다. 그로부터 머지않은 훗날에 여러 철학자들과 문인들에게 큰 영향을 미치게 되고, 카프카와 조이스와 더불어 현대소설의 초석이란 평가로 이어지고 있다.

원고를 거절했던 한 출판사의 편집장은, 프루스트를 그저 속물의 부르주아인 아마추어 작가로 평가하고 있었고, 원고를 몇 장 읽어 보다 말고 방치해 버렸다. 그 편집장이 여느 문인들과 같은 지평이었다는 사실이 잘못은 아닐 수 있다. 문제는 그 편집장이 앙드레 지드의 브랜드였다는 사실이다. 대박을 놓친 출판사 대표는 지드에게 다시 한 번 그 원고를 읽어 보라고 권했고, 편견이 사라진 상태에서 다시 그 원고를 다시 끝까지 읽어 본 지드는 프루스트에게 사과의 편지를 보냈다.

이런 사태를 진즉에 예상하고 있었다는 듯, 프루스트는 《잃어버린 시간을 찾아서》에 '천재'와 독창성과 관련한 구절들을 적지 않게 적어 놓았다.

독창적인 화가, 독창적인 예술가는 안과 의사 식으로 행한다. 그들의 그림이나 글로 행하는 치료는 늘 쾌적하지 않다. 치료가 끝나고서야 의사는 말한다. '자! 바라보시오.'

— 마르셀 프루스트

낭중지추(囊中之錐)라는 고사가 있다. 주머니 속의 송곳이 옷을 뚫고 삐져나오는 것처럼, 재능을 지닌 자는 언제고 세상의 주목을 받을 수밖에 없다는 뜻이다. 자신을 몰라주는 세상의 안목을 원망하고 싶은 때도 있겠지만, 또 끝끝내 기어이 스스로를 증명하며 세상의 안목을 고양시켜 온 천재들의 역사이기도 하다.

지드의 입장에서 이야기해 보자면, 밝지 못한 눈으로, 자신의 미학과 맞지 않는다고 해서 함부로 폄하하지 말 것. 《도덕경》의 한 구절을 빌리자면 대방무우(大

方無隅). 큰 사각형은 모서리가 없는 듯 보인다. 다시
의역하지면, 당신의 지평이 작기 때문에 큰 지평이 이
해되지 않는 것일 수도 있다.

언어의 밀도

"《잃어버린 시간을 찾아서》의 진정한 가치는 독자가 정교한 미로처럼 꽉 짜인 내밀한 언어들을 따라가면서, 프루스트가 자신만의 고유한 방식으로 이 세계를 포착하여 언어로 고정시킨 방식을 느끼고, 그 극도로 섬세한 의식에 공감하며, 그 언어들이 펼쳐 보이는 풍부한 세계를 감지할 때에만 비로소 제 모습을 드러내는 것이다. 그래서 《잃어버린 시간을 찾아서》의 가치는 독서, 그것도 여러 차례의 독서를 하지 않고서는 논할 수 없는 성질의 것이다."

《잃어버린 시간을 찾아서》에 관한 어느 교수님의 인터뷰. 그러나 정작 프루스트는 이 소설에서 언어에 관한 문제를 다루고 있다. 소쉬르의 시니피앙, 라캉의 환유, 혹은 푸코의 《말과 사물》에서 다루어지는 쟁점 같은 것들. 즉 언어는 그 자체로 내밀한 밀도가 아니라는…. 교수님의 저 멋드러진 표현은 과연 《잃어버린 시간을 찾아서》에 관한 것일까? 아니면 소설 제목만 바꾸어서 애용하는 관용적 문장일까? 또한 교수님의 언어로 프루스트에 관한 이야기를 전해 듣고 있는 이들은, 프루스트의 문학관을 이해한 것일까? 아니면 교수님의 신념을 이해한 것일까?

　마침 이런 경우를 예견하고 있었다는 듯, 권력적 지식과 '대학의 담론' 바깥에 덩그러니 놓인 인문정신들을 다독이는 프루스트의 구절.

우리 시대의 가장 비범함 걸작들이 전국 고교작문 경연대회 출신이나 드 브로이(de Broglie) 식의 모범적이고 아카데믹한 교육에서 나오지 않고, 경마장과 고급 술집에 자주 출입하는 자들 쪽에서 나왔다는 것을 생각하면 놀라웠다.
그런 이론을 따지는 사람들이 도리어, 자기가 심하게 비방하거나 숙맥 대접을 하는 사람의 표현과 이상하리만큼 흡사한 기성품 같은 표현을 쓰는 수가 많았다.
— 마르셀 프루스트

그들 각자의 노하우

> 진정한 여행이란 새로운 풍경을 찾는 것이 아니라, 새로운 눈을 지니는 것이다.
>
> — 마르셀 프루스트

니체 이후의 철학사를 대변하는 어록은, 후설의 '견해만큼의 진실이 존재한다'일지도 모르겠다. 세상을 바라보는 각자의 해석이 있으며, 그 해석은 개개인의 관점에 준하는 인식의 결과이다. 그리고 개개인의 관점대로 각자의 세계가 존재한다. 프루스트가 글쓰기에 있어 강조하는 것은, 그것이 기술의 문제가 아니라 관점의 문제라는 사실이다. 그 관점에 영향을 미치는 것은 그가 겪은 시간이다. 그것은 존재의 방식에까지 영향을 미친다. 무엇을 보고 있는가, 어디까지 볼 수 있는가의 문제는, 당신이 살아가고 있는 삶의 속성과 당신이 가닿을 수 있는 세계의 범주를 대변하기도 하다.

《휴가지에서 읽는 철학책》은 초벌 번역의 원고를

내가 감수 작업을 맡았다. 내 원고의 마감 기간을 계속 연기하고 있던 상황에서, 미안한 마음으로 나름 성실하게 읽어 내린 남의 원고. 감수자의 이름을 넣어줄까, 은근히 기대도 했는데 안 들어갔다. 그다지 추천하고 싶은 책도 아니다. 실상 나는 여행에 관한 글월들을 좋아하는 편은 아니다. 장연정 작가와 김영하 작가 정도가 예외일 뿐, 나머지는 다 비슷비슷한 문체와 구성인 듯해서…. 견문의 총량이 곧 지평으로 이어지는 것도 아니다. 풍경이 지닌 알레고리를 추출할 수 없는, 인스타그램에 최적화된 관점일 바엔, 여행을 소재로 하는 예능프로그램을 보는 게 더 나은 시절이기도 하다. 신인들에게 관대했던 여행에세이 시장이 주저앉은 이유이기도 할 테고….

예술가는 끊임없이 자신의 본능의 목소리에 귀를 기울여야 하며, 그것이 예술로 하여금 가장 현실적인 것, 인생의 가장 엄숙한 도장(道場), 진정한 최후의 심판이 되게 한다. 그러한 책이야말로 가장 판독하기 곤란한 책인 동시에, 실재가 우리에게 받아쓰게 강요하는 유일한 책이자, 실재 자체가 우리의 마음속에 '인상'을 낳게 한 유일한 책이다.
미지의 표징(나의 주의력이 나의 무의식을 탐험하면서, 수심을 재는 잠수부처럼 찾고 부딪치고 더듬으러 가는 돋을새김같이

생긴 표징)으로 이루어진 내적인 책을 말하면, 이것을 읽는데, 해독을 위해 아무도, 어떤 본보기를 가지고서도 나를 도울 수는 없었다. 그것을 읽어 내 것으로 만드는 일은, 어디까지나 일종의 창조적 행위인 만큼, 다른 어떠한 사람을 가지고도 보충할 수 없고, 협력조차 허용되지 않는 것이다.

— 마르셀 프루스트

여기서 프루스트가 말하는 '책'이란, 각자의 미학적 관점에서 바라보는 세계를 하나의 텍스트에 비유한 경우이다. 텍스트의 어원은 '직물'이다. 프루스트를 사랑했던 또 한 명의 사상가, 《잃어버린 시간을 찾아서》를 독일어로 번역하기도 했던 발터 벤야민은 '체험의 기억을 짜는 일'로서의 글쓰기를 누구보다도 가장 잘 실천한 작가로 프루스트를 꼽는다. 체험의 직조는 개인적인 성격일 수밖에 없다. 각자의 관점으로 자신의 문체가 직조되는 것이기도 하고…. 니체의 어록을 빌리자면, 수사는 배울 수 있어도, 문체는 개인적으로 체득을 해야 하는 성격이다. 장자를 빌리자면, 포정해우(庖丁解牛)의 사례라고나 할까? 그렇듯 글쓰기라는 게 종국엔 각자도생이다.

천재의 노력

'영감'이란 약삭빠른 작가들이 예술적으로 추앙받기
위해 하는 나쁜 말이다.

— 움베르토 에코

《젊은 소설가의 고백》에 적혀 있는 구절인데, '영
감'이란 단어가 제대로 된 번역인가 싶은 의구심은 뒤
에 이어지는 한 시인의 일화 때문이다. 프랑스의 낭
만파 시인 라마르틴은 종종 자신의 가장 뛰어난 시
한 편이 어떻게 쓰여지게 되었는가에 대해, 어느 날
밤 숲길을 거닐다가 한 편의 시가 완성된 형태로 섬광
처럼 떠올랐다고 술회했다. 하지만 라마르틴이 사망
한 이후 그의 서재에서는 그 시를 여러 해 동안 수없
이 고쳐 썼던 방대한 분량의 원고가 발견됐다고 한다.
그러니까 저 어록에 담긴 에코의 의도는, 물론 영감
의 순간 그 자체를 부정하는 건 아니고, 글쓰기에 있
어 선천적 센스보다는 부단한 노력이 관건이라는 것

이다.

소동파가 종이 1000장을 버리고서야 《적벽부》를 완성했다는 일화로부터, 우리 보통의 존재가 결코 좁힐 수 없는 천재와의 극간을 새삼 확인하게 된다. 첫 장을 쓰기 전부터 천재의 영점이었던 자가 1000장을 쓰는 노력을 쏟아부으니, 그 경이의 수준을 어떻게 따라잡을 수 있겠는가. 오스카 와일드에게 하루 일과를 물었더니, '하루 온종일 교정을 보면서 오전에는 쉼표 하나를 떼어 냈고, 오후에는 그것을 다시 붙였다'가 대답이었다. 글에 관한 김훈 작가의 고민은 주격조사 '은는이가'로부터 시작된다고 한다. 출중한 능력을 지닌 이가 더 세심한 노력으로 보다 완벽을 추구한다는 사실이, 그렇지 못한 이들의 비극인지도 모르겠다.

그러나 또한 《중용(中庸)》에 이르길, 인일능지기백지 인십능지기천지(人一能之己百之 人十能之己千之). 다른 사람이 한 번에 해내거든 자신은 그것을 백 번이라도 하며, 다른 사람이 열 번에 해내거든 자신은 그것을 천 번이라도 한다.

작가와 독자

**창조적 작가는 기본적으로 자신의 책을 읽는 독자들을
존중해야 한다. 그들은, 말하자면 병 속에 넣어 바다에
띄운 편지처럼, 이미 자신의 글을 세상에 던져 놓았기
때문이다.**

— 움베르토 에코

움베르토 에코를 설명하는 많은 수식어 중 하나인
'기호학자', 소쉬르에서 바르트와 데리다를 경유하는
언어철학이 그가 견지하는 입장이기도 하다.

하나의 사건에 대한 해석도 목격자가 지닌 관점대
로 분화한다. 즉 우리는 사실 그 자체를 대한다기보
단, 자신이 겪어 온 시간을 투영하는 것이다. 이것이
현상학의 대강이기도 하며, 후설로부터 퐁티에 이르
기까지, 개인의 토대가 되는 생활체계와 시간에 관한
이야기를 자주 언급하는 이유이다. 바르트와 데리다
는 이런 현상학의 도식으로 '텍스트'를 설명하는 경우

이다.

글이라는 게 꼭 작가의 의도대로 독자에게 전달되는 것만은 아니다. 이를테면 소설 속에서 공간을 묘사하는 구절들을 읽어 내리다 보면, 독자들은 작가와의 싱크로율대로 그 공간을 상상하는 것이 아니라, 언제고 자신이 겪은 어느 비슷한 공간을 이입하기 마련이다. 이것이 고정된 이미지를 미리 던져 주는 그림이나 영상과의 차이이기도 하다. 작가가 창조한 세계는, 독자들마다 자신의 이해대로 존재하는 세계를 잠재하고 있다. 다시 말해, 작가가 창조한 세계는 독자의 수만큼으로 분화하는 다양체의 속성이다.

바르트가 '저자의 죽음'이라고도 표현했던 바, 해체의 철학은 독자의 손을 들어주는 편이다. 또한 다양하게 분화하는 해석들이 텍스트 자체를 보다 풍요롭게 만들기도 하니, 작가 입장에서도 그 다행스러운 귀결로의 오해가 싫지만은 않고…. 그런 복합체 혹은 다양체로서의 '텍스트', 이는 이러저런 해석들이 몰려드는 다소 난해한 영화들이 보다 대중적이고 대표적인 사례가 아닐까? 감독의 연출 의도보다는, 그 난해함에 대한 해석의 욕망들이 그것을 명작의 반열에 올려놓기도 한다.

작가의 바다를 부유하다가 독자들마다의 해변에 안착하는, 병 안에 담긴 편지'들'. 이런 명분이, 때론 작가의 원 취지와 갈등을 빚을망정 문예비평이 문학의 장르가 될 수 있었던 동력이기도 하다. 물론 해체의 철학이나 에코의 입장은, 그 해석들이 어느 정도의 내적 타당도는 지니고 있어야 한다는 전제이다. 작품에서 언급된 것들로의 조합과 유추이면 모를까, 얼토당토하지도 않은 자기 확장적 해석을 열린 체계로 정당화하려 드는 경우는 경계했다. 영화를 해석하는 이들 중에도 이미 주어진 것들로부터의 유추라기보단, 오로지 자신의 상상력만으로 시나리오를 잇대면서 그것이 맞는 해석이고 남들은 죄다 영화를 잘못 본 것이라고 믿는 이들이 있지 않던가. 단 하나의 해석이 존재한다는 그 생각 자체부터가 이미 후진 거다.

저자와 작가의 차이

한 담론이 저자의 이름을 가지고 있다는 사실, '그것의 저자는 누구다'라고 말할 수 있다는 사실은 그 담론이 일상의 무관심한 말, 지나쳐 흘러가 버리는 말, 즉시 소모되는 말이 아니라는 것을 의미하며, 어떤 양식에 의거해서 받아들여져야 할 말, 주어진 문화 속에서 어떤 위치를 차지해야 하는 할 말이라는 것을 의미한다.

— 미셸 푸코

푸코가 말하는 '저자 기능'이란 일종의 권력이다. 이를테면 삶이란 무엇인가에 대한 질문에 내가 어떤 말을 늘어놓는 것보다는, '니체가 말하길', '괴테가 이르길'에 잇대어지는 금언들이 신뢰도인 경우다. 그렇듯 삶에 대한 성찰조차, 그가 어떤 삶을 겪었는가의 문제와 별개로, 그가 지닌 브랜드가 곧 신뢰도이며 타당도이다.

푸코는 이 문제를 양가적인 시선으로 바라보면서

저자와 작가의 차이를 설명한다. 저자는 담론의 창시자로서, '저서 한 권을 저술한 것 이상의 좀 더 중요한 존재'이다. 작가는 특정 텍스트의 창시자이다. 바르트는 저자와 작가의 차이를, 저자가 만들어 내는 '작품'과 작가가 만들어 내는 '텍스트'로 구분한다. 이게 무슨 말인고 하니….

'텍스트' 개념은 작품이 걸치고 있는 담론, 이를테면 무라카미 하루키의 브랜드와 그의 세계관, 그것을 제거한 하루키가 쓴 글 자체를 의미한다. 이렇게 되면 그 글은 하루키의 세계관으로 이해되는 것이 아니라, 독자의 독자적인 세계관으로 이해되어진다. 즉 텍스트는 독자들에게 읽혀지는 동시에, 각각의 독자에게서 다시 쓰여지는 것이다. 그로써 문단과 비평가들 그리고 하루키 저 자신 사이에서의 하루키가 아닌, 독자 저마다의 하루키와 저마다의 작품을 소유하게 된다.

푸코나 바르트나, '작품'과 '저자'를 권력적 지식의 성격으로 설명하고 있는 것이다. 무라카미 하루키라는 저자명을 가린 상태에서도, 과연 그것이 몇십 억의 선인세에 부합하는 당위성일까? '텍스트'는 그런 중력에서 벗어나 있는, 독자 스스로 관통하면서 즐기는 해석의 대상이다.

그러나 앞서도 언급했듯 푸코나 바르트나 양가적 입장이다. 작가 자신은 자신이 쓴 글과 텍스트적 관계

일 수는 없지 않겠나? 자신의 인생을 투영하여 쓴 결과물이라는 사실 자체만으로도 충분히 '작품'의 의미일 터, 푸코는 예술가적 자아의 문제로까지 확장한다. '자신의 개별적인 존재 안에서 스스로를 끊임없이 수정·변형하여 자신의 삶을 하나의 미학적 가치를 지닌 작품으로 만드는 것', 이른바 실존 예술이다.

텍스트를 둘러싸고 있는 담론에 휘둘릴 필요는 없지만, 저 자신이 지닌 콘텐츠에 있어서는 담론의 주체일 필요가 있다는 거. 그로써 스스로를 증명하는 일 또한 저자로서의 역량일 테고….

프로이트는 단지 《꿈의 해석》과 《농담과 무의식의 관계》의 저자이기만 한 것이 아니다. 마르크스 또한 그저 《공산당 선언》과 《자본론》의 저자이기만 한 것이 아니다. 그들 모두 담론의 무한한 가능성을 확립했다.

— 미셸 푸코

작가의 유토피아

거의 누구나가 겪는 학교라는 공간은 단지 교육을 담당하는 공공기관으로서의 의미만은 아니다. 다니고 있는 학생들에게는 입시의 표상이거나, 질풍노도의 격정으로 그 방풍과 방파의 벽을 넘어서고 싶은 닫힌 체계이다. 그러나 오랜만에 교정을 다시 찾은 졸업생에게는, 학창시절의 기억이 어떻든 간에 다시 한 번 돌아가고 싶은 시간이기도 하다. 푸코는 이렇듯 어떤 의미가 부여된 장소를 '헤테로토피아'라고 불렀다.

바슐라르의 구분에 따르면 공간과 장소는 다소 차이가 있는 개념이다. 장소는 공간이 담고 있는 시간의 성격을 포괄한다. 헤테로토피아란 실제적 공간을 갖지 않는 유토피아 개념의 대척에서, 실제로 현실화된 유토피아를 지칭한다. 유토피아처럼 '좋은' 장소이기도 하고, 때론 왜곡된 '나쁜' 장소이기도 하다. 우리에게 학교의 기억이 그렇기도 하지 않던가. 한참의 세월이 흐른 후에는, 공간이라기보단 시간으로서 기억되는 장소.

예전에 만화 〈슬램덩크〉와 관련한 추억의 기획으로, 가마쿠라를 향해 가는 일정 중에 들른, 북산고의 실제 모델인 도쿄 도립 무사시노 북고등학교(武藏野北高校). 만화의 페이지를 찢고 나온 학교에 뭐가 그렇게까지 큰 감흥이 일었겠는가? 그저 일본 제도권 교육의 한 표집일 뿐이지. 내 학창시절 속에서는 아직도 강백호와 채소연 사이로 흩날리고 있는 봄의 기억. 또한 내리쬐는 여름의 기억. 그러나 만화의 바깥에는 그런 만화 같은 풍광이 없었다.

일본 판에서는 '상북고(湘北高)'인 이 학교의 이름이, 한국에서는 '북산고'였다는 사실을 아는 일본인이 얼마나 될까? 그렇다면 북산고는 헤테로토피아일까? 유토피아일까? 내 개인적인 경험 내에선 유토피아이다. 현실에 그런 학교는 없다. 그 햇살과 그 바람으로 가득한 교정에 함께했던 청춘들의 열정은 오직 기억 속에서만 존재한다. 다시 학창시절로 돌아간다면, 내리쬐고 불어오는 것이 회상 속에서의 그 햇살과 그 바람은 아닐 것이며, 우리는 다시 그 '벽'으로 둘러싸일 것이다.

갑자기 아베가 저지레를 치는 바람에, 초고를 다 써놓은 원고의 출간 기획이 한없이 미뤄지고 있다. 그런데 시간이 지날수록, 그 며칠간을 담은 사진과 글들이 점점 더 애틋해져 간다. 원래 돌아보는 시간들은 다 아름답지 않던가. 그토록 지랄 맞게 겪어 낸 시간들도 회상의 성격으로 돌아설 땐, 인생의 비싼 수업료를 지불했네 어쨌네 하며 갖은 의미를 부여하듯…. 이 기획도 시간이 길어질수록 더 애틋한 마음으로 틈틈이 원고를 수정해 보고 있다. 도쿄 도립 무사시노 북고등학교라는 공간이 점점 헤테로토피아로, 그리고 다시 〈슬램덩크〉 내에서와 같은 유토피아의 성격으로 변해 가고 있다.

글쓰기가 이런 유토피아적 기능을 지니고 있기도 하다. 보고서와 경위서를 작성하는 경우가 아니고서야, 실제로 있었던 풍광과 일어난 일들을 그대로 쓰는 건 아니다. 그렇다고 거짓말로 쓴다는 게 아니라, 이노우에 다케히코의 사실주의가 실제의 풍경을 그대로 재현하는 것만은 아니듯, 각자의 미학과 기억을 경유하는 묘사와 서사로 다시 지어 올리는 과정이다. 글쓰기로부터 어떤 위안을 얻는 이유는, 실제적 세계를 향한 것이 아닌 나의 세계로 재구성한 것이기 때문인지도 모르겠다. 나만의 심미안으로 추스르는, 예술가적 자아로서의 기능이랄까?

유토피아는 작가에게 낯익은 것이다. 작가는 의미를 증여하는 자이기 때문이다. … 텍스트는 일종의 유토피아다.

— 롤랑 바르트

　　바르트의 글들은 대개가 소쉬르의 언어학을 경유한다. 철학사에서 소쉬르에 잇대어지는 이름 중 하나가 라캉이다. 바르트의 또 다른 경유지는 라캉의 정신분석이기도 하다. 작가로서의 바르트가 비중을 두는 영역은 '상상계'이다. 사르트르에게서 적지 않은 영향을 받은 라캉이기에, 라캉의 '상상계'의 개념 자체를 설명하기보다는, 차라리 사르트르의 철학으로 적어 내리는 것이 더 쉬운 이해의 방법일지 모르겠다.

　　'인식'은 관점의 편향성과 신체의 상태에 따라서 개인차가 발생한다. 남들에게 맛집인 식당이라고 해서 내게서까지 맛집인 것은 아니며, 배고픈 자는 어떤 음식도 맛있게 먹는다. 따라서 인식의 객관성을 따지는 것 자체가 쉬운 일이 아니다. 반면 상상은 오롯한 주관으로 지어 올리는 자신만의 세계이다. 따라서 객관을 따지고 말고 할 사안도 아니다. 개인차 그 자체가 온전한 전체로서의 세계이다. 인식은 인식해야 할 대상이 존재하지만 상상은 개인의 관념 속에서 자라는 이미지, 즉 실재하지 않는 유토피아다.

크리에이터란 자신만의 상상으로 한 세계를 창조하고, 독자들과 관객들을 자신에게로 초대하는 이들이다. '크리에이터'라는 단어가 지닌 어감에만 심취할 게 아니라, 그것이 지닌 의미를 되새겨 볼 필요가 있지 않을까? 내가 지금 쓰고 있는 글은, 그리고 있는 그림은, 만들고 있는 음악은, 내가 지어 올린 세계의 산물일까? 아니면 그저 시장의 산물일까? 나의 의미를 증여하는 작품을 만들고 있는 것일까? 구매도를 증여하는 상품을 만들고 있는 것일까? 물론 자본의 시대를 살아가는 입장에서 작가의 상상계(작품)와 시장의 상징계(상품)에 대한 구분이 명확할 수만도 없는 일이겠지만, 적어도 그 비중 정도는 따져 봐야 하지 않을까? 그로부터 크리에이터 자신의 존재의미도 해명이 되는 것이기에….

피로 쓴 글

모든 글 중에서 누군가가 그 자신의 피로 쓴 것만을 나는 사랑한다. 피로 쓰라. 그러면 피가 곧 정신임을 알게 되리라.

— 프리드리히 니체

젊은 날의 헤세를 사로잡은, 《차라투스트라는 이렇게 말했다》에 적혀 있는 니체의 글쓰기 철학. 그만큼 심혈을 기울여 쓰라는 이야기를 저토록 격정적으로 내뱉고 있는 니체의 특유의 문체이지만, 더 나이가 든 이후에 저 금언을 대하는 헤세의 태도는 다소 달라져 있다.

피에 대해 수사학적으로 열광하는 자들은 대개 그들 자신의 피가 아닌 다른 사람들의 피를 의미한다는 것을 배워야 한다.

— 헤르만 헤세

142

언어에 대한 헤세의 철학은, 책에서 취할 것이 아니라 삶으로부터 고민해야 하는 문제이다. 작가의 이름을 지우고 보면 어떤 것이 누구의 것인지 모를, 그 계통의 전형으로 고정된 문체들. 그마저도 체득이 아닌 모사의 수준에서 멈춘 글쓰기. 니체를 보사해 쓰자면, 그것은 피로 쓴 글도 아니며 자신의 정신도 아닌 것이다.

관념과 현학, 격정과 격조의 강박으로 이끌린 습작들을 먼 훗날에 돌아보면 그만큼 유치한 문장도 없다. 사랑에 관한 절절한 글귀들이 가장 많이 떠오르는 순간은 이별 직후이듯, 서툴더라도 직접 자신의 피부를 베어 가며 써내린 문체가 차라리 진정성 있는 작가로서의 영점을 잡아 가는 삶의 흔적이기도 할 터, 잘 쓰기에 선행해야 할 조건은 글의 바깥에 놓여 있다.

꼰대와 거장의 차이

가끔 내게 시를 보여 주는 사람이 있는데, 대개는 자기 시에 대한 평을 받아 출판사 문을 두드려 보려는 젊은 이들이다. 그 젊은 시인들은 노련할 줄 믿었던 중견 시인이 시의 가치에 대해 아무런 말도 자신 있게 하지 못하는 것에 놀라며 실망하곤 한다.

— 헤르만 헤세

헤세의 스무 살 시절에는 어떤 시를 한 번만 읽어 보면 그것이 좋은 시인지 나쁜 시인지 당장 자신 있게 말할 수 있었단다. 그러나 수십 년의 세월이 흘러, 문단에서 자신의 입지를 확고히 한 이후에는 되레 시의 가치를 판단할 수 없게 되었다. 스무 살 시절에 그토록 확신할 수 있었던 이유는, 당시에 좋아했던 몇몇 시와 시인을 배타적으로 좋아했기 때문이었다고…. 어떤 시든 곧바로 그것들과 비교를 했던 것이다.

오랜 세월 동안 많은 시들이 그의 손과 눈을 스쳐

갔다. 어느 순간부터는 이제 막 시작하는 시인들의 서툰 필치에서 참신함과 순수함을 발견하기 시작했단다. 아울러 그가 시인으로서의 재능이 있는지 없는지도 함부로 판단할 수 없게 되었다. 그 참신과 순수가 무엇을 이루어 낼지는, 자신의 취향 밖에서 일어나는 일이었기에….

대개 설 알고 있을 때, 다 안다고 착각을 한다. 경험과 경력을 명분으로 들이밀면서 자기 확신으로 굳건한 이들이, 자신보다 더 많은 경험과 경력을 지닌 이들의 말을 귀담아 듣는 것도 아니다. 반면 나이가 들수록 점점 열린 체계로 여유와 풍요를 담아 가는 극히 일부의 사람들이 있다. 꼰대와 거장의 차이는 이런 점이 아닐까?

생각 없는 독서

어떤 사물에 대해 스스로 생각해 보기 전에, 남이 그것에 대해 쓴 책을 읽는 것도 유해하다. 새로운 사물과 당신 사이에 타인의 견해와 태도가 끼어들기 때문이다. 인간은 원래 게으르고 무관심해서 스스로 사색하기보다는 기존의 사상을 받아들이려는 습성이 있기 때문에, 이 습성이 뿌리를 내리면 자기만의 독창적인 세계를 발견하기 어려워진다. 독자적인 사상을 지닌 학자가 좀처럼 나오지 않는 이유가 여기에 있다.

— 아르투어 쇼펜하우어

쇼펜하우어는 악서(惡書)와 다독에 대한 맹신에 적지 않은 비판을 늘어놓는다. 《논어》의 구절로 대신하자면 학이불사즉망(學而不思則罔), 배우기만 하고 생각하지 않으면 얻음이 없다는 이야기. 물론 쇼펜하우어가 독서를 하지 말라고 주장하는 것은 아니거니와, 적극적으로 추천하는 양서(良書)의 목록들도 있다. 무엇이 좋은 책인가에 대한 판단 능력이 없을 시에는, 차라리 고전을 집어 들어야 한다는 게 쇼펜하우어의 지론이기도 하다. 다만 생각하기가 병행되는 읽기여야 한다는, 그 열린 지평으로의 트레이닝을 강조하고 있는 것이다.

작가들은 책에 진리를 담는다기보단 자신의 견해를 담는 것뿐이다. 플라톤이라고 다 맞고, 니체라고 매번 맞는 이야기를 할 리 있겠는가? 그 견해를 비판적으로 취사선택할 수 있는 메타적 능력부터가 자기 철학의 단서이다.

책의 기능성

이 책의 서문까지만 읽고 그만둔 독자는 자신의 손해를 무엇으로 배상할 것인지에 대해 따져 물을지도 모른다. 그러면 이제 나의 마지막 도피처는, 책이란 읽지 않아도 여러모로 이용할 수 있다고 그에게 일러 주는 것이다. 이 책은 다른 많은 책들과 마찬가지로 장서의 빈 곳을 메워 줄 것이고, 표지가 훌륭하면 확실히 보기에도 좋을 것이다. 또는 그에게 박식한 여자 친구가 있으면 그녀의 화장대 위에나 차 마시는 탁자 위에 놓아두어도 좋을 것이다. 또는 마지막으로 분명 가장 좋은 용도이자 내가 특히 권하는 유용성은, 이 책을 비평할 수 있다는 것이다.

— 아르투어 쇼펜하우어

누가 쇼펜하우어를 염세주의자라고 단언하는가? 이처럼 재기발랄한 철학자를…. 그가 말한 책의 어떤 기능은 지금의 시대에도 현재진행형이다. 독자의 소

148

양을 대신 증명하듯 꽂혀 있거나, 소지되는 것. 그런 기능성으로 따져 본다면, 책의 제목을 너무 시장의 유행에 따라 지을 필요도 없다는….

독서의 폐해

철학자들 중에서 다독을 권하는 경우는 의외로 많지 않다. 습관적이고 반응적인 독서를 할 바에는 그 시간에 생각하는 능력을 고양하는 게 더 낫다. 니체 역시 쓰여져 있는 대로만 읽어 대는 독서는 경계했다. '불꽃을 일으키기 위해서 누군가가 그어 주어야만 하는 성냥개비'에 비유하는데, 그런 독서는 수동적 사고만을 키운다는 이유에서였다.

나는 내 눈으로 보았다. 천부적 소질을 지니고 있고, 풍부하며 자유롭게 태어난 본성의 소유자들이 30대에 이미 '망쳐질 정도로 독서'했던 것을….

— 프리드리히 니체

물론 이 또한 독서가 필요 없다는 이야기를 하고 있는 건 아니다. 생각이 수반되지 않는, 닫힌 체계를 더욱 공고히 하는 독서의 위험성을 지적한 것.

나는 눈의 질병 때문에 나를 괴롭히는 책들로부터 해방되었다. 나는 그래서 몇 년 동안 한 권도 읽지 않았다. 읽을 수 없었기에 나는 쓰는 행위로 위안을 삼아야 했다. 이것이 병이 내게 베푼 최고의 은혜였다.

— 프리드리히 니체

니체는 이런 회고도 남겼다. 그러나 니체를 인용하는 책들 중에는, 독서에 관한 저자의 신념에 니체를 근거로 들이미는 경우가 있다. 니체는 그런 왜곡의 경우까지 예언한다.

나에 대해 무언가를 이해했다고 믿던 자가 했던 일은, 나에게서 자기의 상에 맞는 무언가를 만들어 내는 것이었다.

— 프리드리히 니체

철학사에서는 칸트가 애용한 방법으로 더 유명하지만, 니체 또한 차라리 산책을 하면서 사색을 하는 방법을 권고한다. 정재승 교수의 강연에서 들었던 정보를 인용하자면, 실제로 유산소 운동을 할 때 뇌세포가 많이 생성된단다.

가능한 한 앉아 있지 말라. 야외에서 자유롭게 움직이면서 생겨나는 생각이 아닌 것도 믿지 말라. 근육이 춤을 추듯이 움직이는 생각이 아닌 것도 믿지 말라. 모든 편견은 내장에서 나온다. 꾹 눌러앉아 있는 끈기. 이것은 신성한 정신에 위배되는 진정한 죄이다.

— 프리드리히 니체

헤세의 독서

책은 생활력이 없는 사람에게 값싼 기만적이고 대체적인 삶을 제공해서는 안 된다. 이와 반대로 책은 삶으로 이끌어 가고 삶에 도움이 되고 유익할 때에만 하나의 가치를 지닌다. 약간의 힘, 되젊어지는 예감, 새로이 원기가 솟는 느낌이 생기지 않으면 책을 읽는 시간은 모두 낭비되는 셈이다.

— 헤르만 헤세

어려서부터 은둔형 외톨이의 성향이었던 헤세는 책의 세계로 도피한다. 그 결과 다독의 이력을 지니게 되었지만, 닥치는 대로 읽는 단순 활자 중독의 폐해를 지적하기도 한다. 읽을 가치가 있는 양서를 고르는 나름의 지평을 소유하는 노력까지 독서의 효용이다. 독서를 하나의 위대한 세계를 지어 올리는 행위로 설명하는 헤세에게, 그것은 곧 어떤 삶을 살 것인가와 직결되는 문제였다.

생각 없는 산만한 독서는 눈에 붕대를 감고 아름다운 풍경 속을 산책하는 것과 같다. 우리는 자신과 우리의 일상생활을 잊기 위해서가 아니라 반대로 우리 자신의 삶을 보다 의식적이고 성숙하게 다시 단단히 손에 쥐기 위해 독서를 해야 한다.

— 헤르만 헤세

헤세는 추상적 사고를 경계하는 편이다. 물론 그것이 관념론에 관한 철학을 읽지 말라는 이야기는 아니거니와, 다만 삶의 구체적인 장면에서 무언가를 발견하지 못하고 추상에만 몰두하다 보면 작가는 예술가이기를 멈추게 된다는 것. 작가는 사유 그 자체에 대한 미학보다는 삶의 순간순간으로 표현되는 미학을 사유해야 한다는 헤세의 철학. 그의 작품들이 대개 자전적 성격을 띠는 이유이기도 할 것이다.

보통의 언어

《젊은 베르테르의 슬픔》과 《빌헬름 마이스터의 수업 시대》가 같은 언어로 쓰여졌다고 진정으로 믿을 사람이 누가 있겠는가? 장 파울이 우리 학교 선생님들과 같은 언어로 말했다고 진정으로 믿을 사람이 누가 있겠는가? 작가란 이런 존재일 따름이다!

— 헤르만 헤세

　여기서 '같은 언어'란 우리가 일상에서 흔히 쓰는 언어를 의미한다. 작가의 임무는 특별한 언어를 사용하는 것이 아니라, 보통의 언어로 특별하게 쓰는 것이다. 화가와 뮤지션들은 일반인들이 소유하지 않은 언어들로 자신의 세계를 표현한다. 그에 비해 작가들은 작가가 아닌 이들과 그것을 공유한다. 적어도 헤세에게서는 언어 그 자체의 위계나 온도 차가 존재하지 않는다. 그것을 특별하게 하는 작가가 있을 따름이다.

글을 대하는 태도

자신이 쓴 시 습작이 자신에게 유리하고, 자기 자신과 세계에 대해 보다 명확히 알게 되고, 귀하의 체험 능력을 제고시키며, 귀하의 양심을 날카롭게 해주도록 도와준다는 느낌이 드는 한 시 창작을 계속 하십시오. 그러면 시인이 되건 안 되건 상관없이 귀하는 눈동자가 맑은 쓸모 있고 깨어 있는 인간이 될 것입니다.

—헤르만 헤세

글쓰기에 대한 조언을 청한 어느 젊은 시인에게 건넨 헤세의 대답. 동서양을 막론하고 소설이 문학의 대표 장르로 자리매김하기 전까지 최고의 장르는 시였다. 철학과 문학이 사이좋게 찌그러진 오늘날의 세태이지만, 헤세의 시대만 해도 아직은 철학과 문학이 영화를 누리고 있던 시절이었고, 헤세 자신도 다양한 장르의 문학을 개진했다. 어린 시절에는 시인으로 기억되고 싶은 열망도 지니고 있었던 터, 그의 문학 인생의 기점이 되는 장르이기도 하다.

　헤세의 어록은, 헤세와 시인의 경우로 한정되는 이야기만도 아닐 것이다. 이전의 문인들이 글을 대하는 태도는 곧 삶의 태도이기도 했다. 오늘날 글쓰기를 가르쳐 준다는 책과 강의들이 도대체 무엇을 가르치고 있는 것일까? 문학사 속의 많은 문인들은 삶을 바라보는 관점이 보다 본질적이라는 이야기를 건네는데 말이다. 생텍쥐페리에 따르면, 작가의 의무를 결정할 수 있는 건 작가 자신이 겪은 삶이다. 글쓰기를 배우는 것이 아니라 보는 방법을 배워야 한다. 글쓰기는 그에 따른 결과이다.

　내가 글쓰기에 대해 이렇다 저렇다 할 깜냥은 아니겠지만서도, 그냥 많이 자주 쓰다 보면 저절로 터득되는 차이와 반복의 문제이다. 일단 쓰기 시작하면 뭐라도 쓰여지고, 자주 쓰다 보면 스스로 알아 간다. 나중에는 한 페이지의 글월을 위해 자진해서 내 취향 밖의 책들도 뒤져 보게 되고, 이런저런 사람들도 만나 보면서 경험과 생각의 범주도 확장되고, 뭐 그러면서 채워 가는 것이지. 무언가 속성의 방법론이 있을 거라는 기대 자체가 좋은 예비 작가로서의 자세는 아닐 테고…. 또한 헤세가 하라는 대로, 생텍쥐페리가 권고하는 대로 해보는 것이 차라리 속성의 방법론은 아닐까?

젊은 시인에게

당신의 생활이 비록 빈곤해 보일지라도 그것을 탓하는 대신 차라리 평범한 생활에서 풍요로움을 이끌어 내지 못하는 자신을 탓하세요. 창조하는 사람에게 결코 가난 이란 존재하지 않으며 그냥 지나쳐 버려도 괜찮을 장소 란 없기 때문입니다. 자신의 내부로부터의 필요성에 의 해 만들어진 예술작품은 매우 훌륭한 것입니다.

또한 시가 어디에서 나왔는지에 따라 그 평가도 달라지 기 마련입니다. 자기 자신 속으로 한번 파고 들어가 보 세요. 그럼으로써 당신에게 자꾸 글을 쓰라고 명령을 내리는 그 근거를 캐보세요. 그런 다음 쓰고 싶은 욕구 가 당신의 가슴 깊숙한 곳으로부터 뿌리가 뻗어 나오고 있는지 또 쓰는 일을 그만두기보다는 차라리 죽음을 택 할 수 있는지 본인 스스로에게 물어보세요.

—라이너 마리아 릴케

릴케는 분명 시도 유명하겠지만, 《젊은 시인에게

보내는 편지》라는 한 권의 편지글로 더 유명한 듯하다. 시에 대해서 말한 책이면서도 문학이론서보다는 자기계발서로 더 많이 읽히는 이유는, 그가 말한 시작(詩作)의 본질이 감동을 자아내기 위한 수사의 배열이 아닌, 인간과 삶에 대한 성찰이란 사실을 시인의 필력으로 담아 내고 있기 때문일 것이다.

이는 릴케가 한창 슬럼프에 빠져 있었던, 시작에 관한 근원적인 질문을 던지던 시기에, 프란츠 크사버 카푸스라는 청년과 주고받은 편지글을 모은 것이다. 청년은 릴케가 다녔던 사관학교의 생도로서, 릴케와 같은 시인으로서의 길을 희망하는 동문 후배였다.

'슬럼프'라고 표현은 했지만, 그 이전 시기와의 구분이 그다지 의미가 없을 정도로, 아직은 릴케 자신도 무명이던 시절이다. 편지 상에서는 예술가로서의 순수와 열정을 말하지만, 정작 릴케 자신에게서 그 순수와 열정이 흔들리고 있었던 것이다. 어쩌면 그런 상황이었기에, 문학도 청년의 질문에 성심을 다해 대답하고 싶었는지도 모른다. 릴케 사후에 카푸스는 유족들에게 그간의 편지들을 건네며 출간을 타진했다.

유럽에서는 《말테의 수기》가 인기였던 반면, 미국에서는 《젊은 시인에게 보내는 편지》가 그를 셀럽의 반열에 올려놓는다. 그런데 두 작품은 연관이 있다. 소설 《말테의 수기》에서 시인의 미래를 꿈꾸는 28살의 청춘 말테는, 릴케의 회고 속에서 방황하는 저 자신이기도 하다. 카푸스와 편지를 주고받았던 그 즈음의 릴케가 28살이었다. 즉 카푸스에게 보내는 편지는, 자신의 과거로 보내는 편지이기도 했던 것. 그리고 슬럼프에 빠져 있던 스스로에게 건넨 대답이기도 했다.

창작의 비결

창작에는 비결이 없다. 귓속말 한마디로 다른 사람에게 전수해 줄 수 있는 것이 아니다. 그렇지 않다면 그 비결만 알아내어 광고를 하고 학비를 받아 사흘짜리 문호(文豪) 학교를 개설할 수도 있을 것이다. 중국이 워낙 크기 때문에 어쩌면 그런 학교가 있을 수도 있지만, 사실 그것은 사기이다.

— 루쉰

저서를 읽어 보지 않았어도 익히 들어서 알고 있는 문인과 철학자들. 이를테면 헤세와 니체가 많은 사람들에게서 회자가 되는 이유는, 그들이 인문학사의 거점이기 때문이기도 하다. 중문과 전공이 아닌 이들도 '루쉰'이란 이름을 들어는 봤을 터, 중국문학사에서는 현대로의 전환기를 이끌었던 문인이다. 그러나 문학사적 의의에 비해 그의 문학에 대한 평은 작품에 따라 기복이 심한 편이다.

니체의 철학을 금언의 보고라고 한다면, 극동 문화권에서 그 비슷한 포지션이 아마 루쉰의 글월들일 것이다. 실상 니체의 영향을 많이 받은 경우이기도 하다. 돌아보면 내 전공 분야이기도 한데, 서양의 것을 배우려 했던 몇 년 동안, 나의 것에 다소 소홀해져 있었다. 이젠 중국어도 잘 안 들린다. 구색을 갖춰 볼 요량으로, 중국의 현대문학을 서머리했던 전공노트들을 다시 살피기도 했는데, 개인적으로 마음에 드는 밀도의 언어는 루쉰의 것밖에 없다. 그런데 루쉰의 것이 니체만큼 있다는 거.

바깥의 사유

> "하나의 체계를 갖는다는 것, 그것은 정신에게 치명적이다. 어떠한 체계도 갖지 않는다는 것, 그것 또한 치명적이다. 그로부터 두 가지 요구를 철회시키면서 둘 모두를 동시에 수락해야 한다는 필요성이 비롯된다."
> 슐레겔이 철학에 관해 말했던 것은 글쓰기에 관해서도 가치가 있다. 우리는 결코 작가인 적이 없어야 작가가 될 수 있는 것이다. 우리는 작가이자마자 우리는 더 이상 작가가 아니다.
>
> ― 모리스 블랑쇼

블랑쇼의 키워드는 '바깥의 사유'이다. 그것이 들뢰즈, 데리다, 푸코와 같은 후배들에게 수용되어 해체의 철학으로 발전한다. 철학에 입문하는 입장에서는, 독일의 관념론은 안으로 너무 집요하게 파고드는 깊이라서 도대체 뭔 이야기인지 모르겠고, 프랑스의 해체주의는 밖으로 흩어지는 넓이여서 도통 종잡을 수가 없을 것이다. 그 기점이 되는 블랑쇼는 아예 '카오스적 글쓰기'에 대해서 말하고 있다.

　체계의 관성을 살아가고 있는 우리 자신이 이미 하나의 관성이며 체계이다. 글쓰기 또한 이미 그 자체로 클리셰이다. 이건 출판사와 편집의 과정을 거치다 보면 쉬이 발견되는 문제이다. 원고를 출판사에 넘기기 전까지 대여섯 번은 다시 매만져 본다. 그리고 마지막에는 출판사에서 교열을 끝낸 출간 직전의 원고를 작가가 다시 한 번 검토한다. 몇 번을 반복해서 보는 내 원고가 얼마나 지겹겠는가? 그런데 이 과정에서 나의 습관적 표현들이 발견된다. 글을 쓰다 보면 그럴 때가 있다. 순간의 감흥을 어찌 표현할 것인가를 고민하기보단, 내 안에서 대기하고 있는 한 무더기의 단어들을 꺼내어 조합하는 경우. 감흥의 효과라기보단 이미 조건 반사인, 보를레르보다는 파블로프를 소환해야 할 지경이다.

쓴다는 것은 분명 중요성을 갖지 않는다. 쓴다는 것이 중요한 게 아니다. 바로 그 사실로부터 글쓰기와의 관계가 결정된다.

— 모리스 블랑쇼

　블랑쇼의 이 말이 글을 쓰지 말라는 이야기는 아닐

터, 그 바깥을 사유하라는 함의이다. 나의 체계 그대로 가닿아 구성하기보단, 혼돈 속에서 서서히 정립되는 것. 술술 써내려지는 글보다는, 무언가 쓰고 싶은 열망에 사로잡히면서도 어떻게 써야 할지 몰라 고민하는 시간이 더 절실하다는 것. 요즘에 그런 작가정신을 지닌 작가들이 얼마나 될까? 실상 그런 주제로 써내리는 이 글도 너무 쉽게 쓰여지고 있다. 이 또한 클리셰이다. 가끔씩은 스스로에 대한 회의감이 몰려드는 이유가 그런 것이기도 하다. 그저 글을 위한 글을 쓰고 있다는 느낌. 실상 잘 써지는 경우엔 의심, 잘 안 써지는 경우엔 고심인 글쟁이의 굴레.

문학의 기능

개인적으로 좋아하는 신카이 마코토의 섬세한 화풍. 일상의 풍경들을 일상적으로 그리지 않는다고나 할까? 취향이 같지 않는 분들은 신카이 마코토의 그림에서 도대체 어떤 감흥을 느껴야 하는 것인지를 이해하지 못할 수도 있다. 원래 미적 취향이란 게 그렇듯 각자의 차이이다. 나는 그의 그림으로부터 어린 시절 혹은 학창 시절의 향수 같은 걸 불러일으킨다. 이젠 어느 것 하나 남아 있지 않는, 그 시절 내 방을 가득 채우고 있던 많은 것들에 관한….

같은 그림을 보면서도, 나이 든 자의 시선과 그렇지 않은 이들의 시선이 같지 않을 것이며, 그 풍경과 관련된 추억이 있는 자와 그렇지 않은 이들의 시선이 다를 것이며, 신카이 마코토의 화풍을 좋아하는 자와 그렇지 않은 자들의 시선에 차이가 있을 것이다. 그렇다면 그 차이는 그림이 내재하고 있는 것일까? 시선에 담겨 있는 것일까? 블랑쇼는 이를 '바깥'의 개념으로

166

설명한다. 그림 바깥에, 그리고 시선 바깥에 존재하는 무언가. 그 바깥으로 인해, 그림은 단지 형상의 재현에 지나지 않는 것이 아니라 그림과 시선 사이에 어떤 심상을 채우게 된다. 그 바깥을 경험하는 순간이 우리 각자가 그 작품을 감상하는 방식이며, 화가 역시 그 바깥을 염두에 두는 '결정적인 붓질'을 한다.

블랑쇼는 글에 대해서도 이 도식을 적용한다. 독자는 단순히 텍스트에 대한 해독으로 읽어 내려가는 정도에서 그치지 않는다. 그 언어 바깥에 맴돌고 있는 심상을, 그 언어를 통해 읽어 내려가는 것이기도 하다. 지금까지 내가 써내린 내용들이 이해하기에 쉬운 설명인지는 나도 잘 모르겠다. 몇 번을 고쳐 써보아도 별 진전 없이 그 자리를 맴돌고 있는 느낌이다. 내가 무슨 이야기를 건네고 싶어서 이토록 아등바등하고 있는지가 대강 이해된다면, 그 또한 '바깥'의 기능일 것이다.

프랑스 문학사나 철학서들을 읽다 보면 '블랑쇼'라는 이름을 종종 마주하게 된다. 그의 저서를 번역한 어느 역자도 '주변'이라고 표현할 정도로 사상사의 주요거점까지는 아닌데, 후학들에게 많은 영향을 끼친 문학평론가이자 철학자이다. 실상 그에게서 영향을 받은 후학들이 너무 출중한 탓에 주변으로 밀려난 감도 없지 않다. 가령 지금까지 써내린 이야기들은 데리다와 들뢰즈의 철학으로도 충분히 설명할 수 있는 경우이다. 그러니 데리다와 들뢰즈를 언급하지 굳이 블랑쇼까지 소급할 이유가 없는 것이다.

'바깥'이란, 들뢰즈의 철학으로 대신 설명하자면, 안에 잠재되어 있는 밖이다. 이를테면 우연히 쇼펜하우어의 저서를 집어 들었다가 목회자의 진로에서 철학자로 선회한 니체의 경우, 철학으로의 열망은 그가 내재하고 있었던 것일까? 아니면 쇼펜하우어라는 외부적 요인이었을까? 분명 니체의 바깥에 있었지만, 니체의 안에도 내재해 있었던 셈이다. 그러나 그 바깥을 체험하지 못했다면 니체의 안에 깃들어 있던 가능성이 발현되지 않았을 것이다.

문학은 해방을 가져다주는 능력으로, 모든 것을 자기 목에서 졸리는 것으로 느껴지게 하는 이 세계로의 압력을 물리쳐 주는 힘으로 알려지며, 문학은 '나'로부터 '그'로의 해방을 가져다주는 통로이다.

— 모리스 블랑쇼

블랑쇼는 이 바깥의 개념으로 문학의 기능을 설명한다. 어느 에세이만 읽어 봐도 작가가 겪은 일에서 나의 경험을 반추해 보기도 하지 않던가. 허구의 장르는 오롯한 작가 개인의 경험도 아니기에, 블랑쇼의 표현에 따르면 '중성적'이고 '익명적'인 텍스트에 독자 자신을 이입하는 대리체험이 가능하다. 나의 신념 체계로 옭아매는 현실에서는 결코 일어나지 않을 일들을, 소설 속의 역할이 되어 봄으로써 가상으로나마 겪어 보는 것. 즉 '나'를 벗어나 소설 속의 '그'가 되어 보는 탈주는, 실상 내게서 일어날 수 있는 일들의 가능성을 확인하는 순간이기도 하다.

　허구의 타자를 이해해 보는 간접 경험은, 나의 바깥을 통해 나의 안을 확장시킨다. 그렇게 넓혀지는 지평 속에 내 안이 보다 풍요로워진다는, '바깥'으로서의 문학이 지닌 순기능. 그런데 작가 자신도 소설을 쓰려면 그런 바깥을 많이 체험해야 한다는 점에서, 블랑쇼는 '바깥'의 성격을 문학의 기원으로 보고 있다.

철회의 글쓰기

언어는 나아가 동사의 융기이다. 언어가 감각적 삶을 이끌어 가고 있다면 그것은 이미 동사로서이다. 체험된 감각은 이미 동사 내에서 이해되고 있다.

— 에마뉘엘 레비나스

어록을 이해하려면 동사가 지닌 '활용'의 특성을 유념할 필요가 있다. 언어는 그 의미대로 고정되어 전달되는 것에 지나지 않는 게 아니라, 화자의 전제에 따른 확장성을 잠재하고 있다는 이야기. 한 번 더 풀어 쓰자면, 같은 단어라도 누가 어떻게 사용하느냐에 따라 그 뉘앙스가 달라진다. 그것은 언어를 통해 세계를 받아들이고 표현하는 감각의 차이이며, 그 또한 언어를 매개로 하는 인식과 표현의 순환 상태에서 발생하는 효과이다.

즉 레비나스는 언어학자 소쉬르가 제기한 랑그(langue)와 빠롤(parole)의 문제를, 하이데거 철학의 세계-내-존재 도식으로 설명하고 있는 것이다. 레비나스는 '말하여진 것'의 '말함'으로의 환원, '철회의 말함'이라고 설명한다. 도대체 뭐가 어떻다는 것인지…. '말하여진 것'은, 이를테면 한 단어가 지닌 개념이다. 그것을 '말함'이란, 앞서 언급했듯 누가 어떻게 사용하느냐에 따라 그 언어의 벡터가 달라지며, 그 언어가 화자의 흔적을 보이지 않게 간접적으로 간직해 놓고 있다는 함의이다.

다시 말해, '말하여진 것'이 '말함'에로 거슬러 올라가는 환원. 쉬운 예로 들면 레비나스의 어록과 관련한 이 사례 자체가 아닐까? 모르는 단어는 하나도 없는데, 잘 해석되지 않는 철학의 글월들. 같은 말을 어쩜 저렇게 어렵게 할 수 있을까 싶은 신기(神技). 우리에게 일반적으로 알려진 '말하여진 것'을 저렇게 '말함'으로써, 자신이 철학 관련 종사자라는 흔적을….

작가에 따른 문체가 그렇기도 하다. 꼭 독특한 단어를 사용하는 것이 변별의 조건은 아니다. 같은 단어를 사용한다 해도, 문장으로 조합되었을 때에는 작가마다의 흔적을 보이지 않게 간직하기 마련이다. 레비나스를 빌리면 철회의 글쓰기라고 할 수 있을까?

삶과 스토리텔링

만화 〈슬램덩크〉에서의, '왼손은 거들 뿐'의 미들슛 그 자체로야 뭐가 그렇게까지 감동일 이유가 있겠는가. 덩크만 욕망했던 풋내기인 강백호의 각성이 농구의 기본을 되돌아보며, 그토록 앙숙이었던 서태웅의 패스를 받아 쏘아 올린 대미였다는, 그 한순간의 앞뒤를 채우고 있는 긴 서사들이 감동의 기폭제 역할이다. 그것은 더 많은 골을 넣으면 이긴다는 규정 안에서 승패를 결정짓는 1골의 의미를 넘어선다. 경기 안에서 내가 처한 맥락은 물론이거니와, 강백호가 거쳐 온 모든 시간들로 직조된 스토리텔링이 그 1골에 담겨져 있다.

그것이 지니는 의미가 미리 규정되어 있는 게 아니다. 들뢰즈의 표현대로, 무엇보다 그것과의 관계이지, 속성 그 자체가 아니다. 그렇듯 우리는 항상 맥락을 살아간다. 이런 게 삶이고, 이렇게 살아야 잘 사는 것이라는 닳아빠진 정의들 바깥에 놓인, 매 순간을 사는 것이다.

**스토리텔링은 의미를 정의하는 오류를 저지르지 않고
도 의미를 드러낸다.**

— 한나 아렌트

더 많은 골을 넣으면 이긴다는 단순한 사실을 모르
는 이가 어디 있겠는가. 이것은 무시간적이고 무맥락
적인 규정이다. 88만원 세대가 어떻고, 90년대 생이
어떻고에서 비껴서 있는 개인에게 그 정의들이 뭔 의
미가 있겠는가 말이다. 시간성을 매개하는 철학의 계
열들이, 표집과 통계로의 일반화를 거부하는 이유이
기도 하다. 그 전형으로부터 오차의 범주를 살아가는
'그들 각자'일 수밖에 없기에, '우리 모두'의 이야기에
자신을 끼워 맞추며 살 필요도 없다. 그런 평균적 성
격의 이야기가 재미있길 하겠는가, 내게 어울리길 하
겠는가. 더군다나 개인의 인생에 있어 가장 감동의 코
드는, 지금껏 힘겹게 달려온 각자의 스토리텔링 끝
에 기다리고 있는, 각자마다의 '왼손은 거들 뿐'일 테
니….

173

이해와 소유

〈네모의 꿈〉이란 노래에 관한 유영석의 해석은, 지구를 정복한 우주인이 디자인한 결과이다. '주위를 둘러보면 모두 네모난 것들 뿐'인 이유는, 실상 그것이 가장 효율적인 공간 활용의 도형일 터, 유영석의 동화적 상상력은 우주인의 다자인(dasein)을 끌어들인다. 네모 세계의 우주인에게 있어선 자신들과 닮은 도형이 가장 완벽한 도형이다. 영화 〈프로메테우스〉가 보여 준, 우리보다 진일보한 우주인의 실험장이었던 지구는 그런 '네모의 꿈'이 실현된 사례라고 할 수 있을까?

이 동화적 시선이 스피노자가 논증한 신학의 본질이기도 했다. 삼각형에게 신이 있다면 그 모습은 삼각형일 것이라던 스피노자의 말은, 인류가 신의 모습대로 창조된 것이 아니라 인류의 모습대로 신을 상상하고 있다는 의미이다. 지극히 인간중심적인 신학의 패러다임 안에서 가상 완벽한 도형은 원이있다. 그 중심에 바티칸이 있었고, 반경 안에 들어온 것만이 지식이고 상식이었다. 때문에 갈릴레이의 지동설과 케플러의 타원형 궤도가 인정될 수 없었던, 당대 유럽의 지평 안에 갇혀 버렸던 우주 그 자체, 더 나아가 신 그 자체.

스피노자는 신적 존재를 부정한 것이 아니라, 인간의 지평에 대해 지적하고 있는 것이다. n차원의 지평은 n-1차원만을 납득한다. 평면에 놓인 삼각형은 자기 옆에 놓인 사각형을 선으로 인식한다. 입체적 시선을 소유한 메타적 존재들에게나 바닥에 놓인 그것이 삼각형인지 사각형인지의 변별도 가능한 일이다. 실상 평면에 거하는 삼각형과 사각형은 자신들이 무엇인지도 인식할 수 없다. 하여 삼각형에게 신이 있다면 그 모습은 삼각형이 아니라 선이다.

스피노자의 비유가 틀렸다는 이야기를 하고자 하는 게 아니라, 그의 논리를 부연하고자 함이다. 인간은 누구나 자기 지평의 수준대로 스스로를 해명하며 세계를 소유한다. 그리고 궁극적으로 표현하고자 한다. 철학사들은 싫어했어도 스피노자 하나만은 사랑할 수밖에 없었던 괴테, 그가 말했듯 이해하지 못하는 것은 소유할 수도 없다. 소유할 수 없는 것은 표현하지도 못한다. 다시 말해 표현으로서의 모든 방법론은 자기 지평의 한계를 고백하는 일이기도 하다.

> 모든 사람은 누군가가 되기를 원하지만, 아무도 성장하
> 고자 하지 않는다.
>
> — 요한 볼프강 폰 괴테

글쓰기도 그렇다. 언제나 자신의 한계를 고심하며 썼다 지웠다를 반복하는 일은 피라미드에게서나 가능한 일이다. 대개 삼각형들은 저 자신의 지평에 만족하며, 자신이 굉장한 글을 쓰는 줄 안다. 개중에는 자기 지평 너머의 피라미드에 대해 논하는 경우도 있다. 그러나 그의 평면적 시각에서는 그도 사각형, 아니 선이다.

체험과 고뇌

"형광석 이야기를 들은 적이 있다. 이 돌은 햇빛 속에 놓아두면 광선을 흡수하였다가 밤에 한참동안 빛을 낸다는 것이다. 내게 이 젊은 하인이 그러하다. 롯데의 눈길이 그의 얼굴과 옷깃에 머물렀으리라고 생각하면, 그 모든 것이 나에게는 아주 신성하고 고귀한 가치가 된다."

《젊은 베르테르의 슬픔》에서, 롯데를 보필하는 하인에 대한 베르테르의 심리를 묘사한 어느 구절. 누군가를 사랑하게 되면, 그 사람의 눈길이 머물렀던 모든 곳에 자신의 애착을 투영하는 경험에 관한 괴테의 비유이다. 여자가 아닌 관계로 여자의 경우를 말할 수는 없지만, 남자들 같은 경우에는 아마도, 사랑하는 여자의 형제들에게 잘 보이고 싶은 마음이 이와 비슷하지 않을까? 나는 아직 알지 못하는 그 사람의 일상을 가까이서 관찰할 수 있는 '특권'에 대한 애정 어린 시선 같은 것.

괴테는 그만큼 자신의 삶을 통한 체험을 토대로 글을 썼다. 그 체험이라는 것이 굉장히 특별한 경우인 것도 아니다. 누구나 한 번쯤을 앓았었을 법한 보통의 경험을 특별하게 쓴 것뿐이지. 괴테가 적어 내려간 사랑도 무언가 특별나게 고상하고 우아한 본질을 따로 지니고 있는 건 아니다. 그것에 대한 괴테의 서술이 특별했을 뿐, 우리가 익히 알고 있고 하고 있는 사랑, 이미 그것이 본질이다. 베르테르 효과 역시 그런 공감에 기반한 신드롬이 아니었을까? 괴테의 문학을 사랑했던 쇼펜하우어는 그 공감력을 천재의 조건으로 설명하기도 한다.

원작에 충실한 번역은 '젊은 베르터의 고뇌'라는 제목으로, 이 또한 괴테 자신의 경험에 기반한 각색이다. 천재의 수식을 소유한 문인도 초라하고 처절하다 못해 우스꽝스러운 에로스로 발가벗겨 놓는, 사랑, 그 놈. 우리는 사랑에 빠진 순간에 우리 자신이 얼마나 별로인지를 드러내게 된다. 그것을 소유할 수 없는 무능함, 그것에 닿을 수 없는 무력함, 물색없이 잇대는 불합리와 비이성, 끊임없이 덧대는 굴욕과 치욕, 그 총체적 고뇌로 새삼 확인하는 내 존재의 참을 수 없는 가벼움.

　그 남자와 그 여자를 향한 사랑은 말할 것도 없거니와, 문학과 철학과 예술을 향한 사랑 안에서도…. 사랑하지 않았던들 내게 아무것도 아닐 그것 앞에서, 그것을 소유하고 싶어 한없이 쪼그라드는 마음. '진리가 여자라면'을 물었던 니체의 가정은 모든 영역을 관통하는, 연인과 문인과 철인과 예인의 열망에 관한 질문이기도 할 게다. 내 전부를 던질 만큼 좋아하지만, 그 전부가 항상 모자란 '고작'일 만큼 너무도 어려운 것들. 그런데 사랑이란 게 원래 그런 거지 뭐. 그러면서도 끝내 사랑할 수밖에 없는 것들.

절망 속에서 피는

  흔히들 작가들은 마음이 편하면 글이 써지지 않는다고 말한다. 이외수 작가는 편한 마음가짐이 도리어 창작의 방해가 된다고 느껴, 산골짜기로 들어가 얼어 버린 밥을 씹어 먹으며 다음 소설을 완성했다는 일화가 전해질 정도이다. 대부분의 명작이 고통 속에서 탄생한 스토리텔링을 지니고 있는 점에서 알 수 있듯, 예술가들은 불우한 시절에 불후의 작품을 만들어 내는 경우가 많다. 고단함 속에서 성숙함으로 영그는 삶의 철학이 작품 속으로 녹아드는 것이리라. 지고 있는 삶의 무게, 그 압력 사이에서 굳어져 가는 다이아몬드. 가장 단단하며, 가장 아름다우며, 가장 값비싼 '나의 삶'의 스토리를 완성해 가는 집필과정이다. 그리고 스토리텔러로의 '나'를 증명하는 성장과정이기도 하다. 그 원숙한 필력(筆力)은 고단한 삶의 이력(履歷)을 통해서 만들어진다.

  사진작가 김중만 씨가 생각하는 예술혼은 끊임없이

스스로에게 부여하는 불편함과 절대고독이라고 한다. 그의 표현을 빌자면 '유배자의 마음'으로 냉정하게 내 자신을 바라볼 수 있는, 자신과의 소통이다. 정약용의 집대성이 강진 땅에서 가능했던 것은, 그곳이 유배지 였기 때문이라는 이유 이전에, 정약용 자신이 유배자 의 마음이었기 때문은 아니었을까?

관심이 없는 이들에겐 낯선 이름이겠지만, 중국문 학사에서 한유(韓愈)라는 문인은 소동파급의 메이저이 며, '퇴고(推敲)'라는 고사성어의 유래가 되는 인물이 기도 하다. 그의 문장 중에는 소리에 관한 철학을 적 어 놓은 《송맹동야서(送孟東野序)》라는 것이 있다. 간 단히 요약하자면, 울림은 화평하지 못한 것들 사이에 서 일어나는 현상이기에, 마음의 울림으로써 글을 쓰 는 문인에게 불우한 시절과의 맞닥뜨림은 필수조건이 라는, 불우한 운명에 처한 문인을 위로하는 주제이다. 이는 한유의 독창적인 생각이라기보단 한문학에서 는 일반적인 문예이론이다. 궁핍함이 시인을 만든다 는…. 김중만 작가의 표현을 빌리자면, '유배자의 마 음'이 시인을 만든다.

작곡은 순수한 감성에 비례하고, 작사는 치명적인 아픔 을 겪어야 한다.

— 기타리스트 김태원

굵은 비 그토록 적셔 대도, 부는 바람 이토록 세차도, 그 또한 울림을 얻을 수 있는 기회이다. 그런 곡절의 순간들을 마주치지 않고서 얻을 수 있다면 더 좋겠지만, 이왕 다가온 것들이라면 또 어찌하겠는가? 넋을 놓고 앉아 처맞고 있는 시간들조차도 무언가를 울려 대는 순간이다. 분위기 좋은 카페를 찾아다니며, 창가로 비껴드는 오후의 햇살로부터 영감을 얻는 것도 멋진 삶이겠지만, 자판기 옆에 쭈그려 앉은 싸구려 커피 한 잔에 뽑어 대는 한 가치의 시름 역시 영감의 근저로 타들어 가고 있는 불꽃이다. 당신을 울리고 있는 절망들이 도리어 당신을 울리는 영감의 순간들이다.

뜻밖의 여정

> 허구는 철저히 논리적이어야 한다. 그러나 현실은 그렇지 않다.
>
> — 마크 트웨인

오래전부터 출판사 대표님이 한번 해보고 싶어 했던 기획이어서, 원래는 《시카고 플랜 : 위대한 고전》을 함께한 디오니소스 친구들에게 맡기려 했던 것이다. 그런데 도통 진척이 보이질 않아서 그냥 내가 하게 됐다. 꽤 오랜 시간이 걸릴 줄 알았는데, 마침 2년 전부터 문학 기획을 준비하고 있었던 터라, 서머리 노트를 뒤적거리면서 채워 나가다 보니 얼추 단행본 분량이 빠졌다. 그렇듯 지나온 시간을 돌아보면, 목적성 이외의 것까지를 나도 모르게 준비해 두고 있었다. 실상 목적한 바는 제대로 실행되지 않는 경우가 있는데….

꼭 글쓰기 관련해서가 아니더라도, 개인적으로 좋아

하는 트웨인의 이 어록을 많이 인용하는 편이었는데, 어쩌다 보니 출간물에는 한 번도 쓸 일이 없었다. 삶이란 게 그렇듯 그닥 논리적이지도 않고, 개연성 없이 잇대어지는 순간들도 허다하다. 하여 논리만 갖고서 뭐가 되는 세상인 것도 아니다. 때론 너무 멀리 빗겨 가는 게 아닌가 싶은 인과와 상관의 먼발치에서, 이미 지나간 날들에 일어난 일들을 허구적 가정으로 되돌려 보곤 하는 상상은, 그 인과와 상관이 빗겨 나가지 않았다면 어땠을까에 관한 질문이기도 할 것이다. 내가 소설이라고 써낸 한 편의 원고가 그렇기도 하다. 직접 겪은 일화들을 그러모은, 거의 에세이에 가까운 회고들에 뒤섞은 허구적 요소들은, 뒤돌아선 가정이다. 그때 빗겨 가지 않았더라면, 무슨 일이 일어날 수 있었을까에 대한….

그러나 논리적이지 않기에, 나의 지금이 지닌 내적 타당도에 부합하지 않는 새로운 미래가 열리기도 하는 것이다. 결코 책과 가까운 사이가 아니었던 내가, 서른이 훌쩍 넘은 나이에 이 업계로 흘러 들어올 줄 누가 알았겠는가? 그때는 무슨 생각으로 그랬던 것인지, 지금에서 돌아보면 내 스스로도 잘 이해가 되지 않는다. 그런데 실상 스스로를 납득시킬 수 있는 논리 안으로는 바깥의 가능성이 도래하지 않는다. 인과와 상관의 바깥에 있는 가능성은 비논리적으로 다가온다.

사랑이 그렇기도 하지 않던가. 나의 타당성으로 그 사람을 사랑하게 되는 것은 아니다. 이상형과의 부합도는 둘째 치고, 그전까지 한 번도 가늠해 보지 않았던 스타일에 가슴앓이를 겪기도 하는…. 삶에 대한 사랑, 니체의 아모르파티가 역설하고 있는 역설 또한, 그런 우연성에 대처하는 필연적 태도이다. 뜬금없고, 난데없고, 느닷없는 순간들이 담지하고 있는 의외성, 그 '뜻밖'과 '예상 밖'에서 기다리고 있는 비논리적인 미래. 하여 때로 현실은 소설만큼이나 드라마틱하다. 톰 소여와 허클베리 핀이 겪는 뜻밖의 여정이, 트웨인 자신이 겪은 드라마였던 것처럼….

글쓰기의 유일한 목적

김영하 작가의 《보다》에서, 몇 번을 다시 읽었던 부분은 '〈설국열차〉에서 편집당한 인물들의 이야기'이다. 처음에는 소제목만을 보고서 영화의 비하인드 스토리인 줄 알았는데, 우리 사회의 각 계층을 대변하는 생각들을 〈설국열차〉로 패러디한 짧은 소설이었다.

이 모든 군상을 싣고서 오늘도 기차는 설원의 소실점을 향해 무정하게 달려간다.

이 구절이 인상적이었던지, 서머리 노트에 적어 놓았던 것을 몇 년이 지난 요즘에 다시 발견했다. '설원의 소실점'은 결코 누구의 방향성도 아니다. 시간을 달리는 공간의 한 자락을 빌려 생활했던 이가 어떤 의미를 투영할 수는 있어도, 기차가 그 개인적인 의미들을 다 양해하면서 달려가는 것도 아니다. 기차는 그저 저 자신에게 달린, 달리는 임무에 충실할 뿐이다. 여러 타자들과 뒤섞여 떠밀려 가는 이야기 속에서, 결코 내 편인 것 같지만은 않은 우리네 인생이 그러하듯.

김영하 작가의 구절을 다시 들춰 보게 된 이유는, 작가의 입장에서가 아닌 편집자의 입장에서였다. 새로운 기획의 저자로 모신 분께서 블로그에 적은, 글을 쓰는 이유에 관한 글을 읽은 후에 저 설국열차의 비유가 떠올라서…. 대학 졸업과 동시에 결혼, 남들보다는 일찍 주부가 되고 엄마가 된 그녀는, 그 시절에 자신이 가장 열정적일 수 있었던 일도 그 시절에 두고 떠나왔다. 물론 지금의 삶이 어떻다는 것은 아니지만, 조금 더 채워 보지 못한 시간들에 대한 아쉬움은 남아 있었던지, 삶의 어느 순간부터 다시 글을 쓰기 시작했다. 딱히 어떤 목적을 지니고서 써내린 건 아닌데, 그냥 언젠가부터 쓰고 있더란다.

그 시절 그 자리에 두고 온 것을, '달리는 기차에서 뛰어내린' 일에 비유한 단락이 있었다. 어떤 부연이 없어도 단번에 무슨 이야기인 줄 알겠는, 더군다나 스무 살 시절을 경춘선과 함께한 입장이라, 더 무슨 말인 줄 알겠는 메타포. 나는 중간에 뛰어내려 다른 길로 걸어가다가, 다시 플랫폼으로 돌아와 다른 기차 위에 오른 경우이다. 그 시절에 타고 있던 기차가 향하는 소실점이 지금의 여기는 아니었다. 나의 미래는 그 소실점 바깥에 있었다. 그나마 다행이었던 건, 어디를 향해 있는 철길이건 간에, 다시금 기차가 들어오는 플랫폼이 아직 그 자리에 남아 있었다는 사실. 그녀의 블로그에 그 글을 프롤로그로 하면 어떻겠냐는 댓글을 남겼다. 그리고 그 기차의 비유가 내게선 에필로그가 되고 있다.

"아마도 제가 읽고 쓰는 일이 지난날의 저에 대한 부채의식을 덜어 주는 면도 있어서 그렇게 보셨는지도 모르겠습니다."

저자를 제안하는 메일에 대한 답장에 적혀 있던 그녀의 대답, 그 대답에 스친 나의 지난날에 관한 질문. 나의 부채의식은 무엇이기에 내가 이 바닥으로 흘러 들어 오게 된 것일까? 20대까지는 책 자체를 가까이 하지 않았던 지난날이었거늘….

나는 왜 글을 쓰며 살아가고 있을까? 어린 시절의 꿈이 작가인 적도 없었고, 글쓰기에 두각을 나타내던 재능도 아니었는데…. 그 시작이 언제였는지 가물가물하긴 한데, 기억을 더듬어 보면 그냥 언젠가부터 항상 무언가를 쓰고 있긴 했다. 어줍게나마 뮤지션에 대한 꿈을 간직하고 있었던, 교과서 한 귀퉁이에 '가사'랍시고 짧은 글월들을 끄적여 내리던 학창시절서부터….

글을 쓰면서 살아가는 인생이지만, 실상 진지하게 질문을 던져 본 적은 없었던 것 같다. 저런 걸 쓰고 싶다는 열망과 이런 걸 써야 한다는 의무 사이에서 잊혀진 질문이었을까? 글에 관한 열망을 지니고 있는 타인의 원고를 기획하는 입장이 되다 보니, 그들의 대답으로부터 내 스스로에게 다시 질문을 던지기 시작했다. 다행히도 어찌 됐건, 나는 그 대답을 이미 삶으로 살아가고 있는 중이긴 하다. 그러나 그 대답이라는 것이 글로 표현할 수 있을 정도로 선명하진 않다. 글을 쓰는 일 자체에 대해서보단 글과 맺고 있는 삶의 스토리텔링에 관한, 그 총체성으로서 얼버무릴 수밖에 없는 성격이다.

백방으로 투고를 해보고, 백방에서 거절을 당해 보고, 내 글을 마음에 들어 하며 나를 배려해 주는 파트너를 겨우겨우 만나고, 그런 곡절 끝에 내놓았어도 독자들의 손에 집어 들리지 않고 있던 어느 출간물. 그 옆으로 한창 사인회 중에 있던 한 셀럽, 그 뒤에서 한 권이라도 더 팔겠노라 매대에 책을 직접 진열해 놓던 출판사 대표의 분주한 손길. 책 밖으로 덜어 내지는 아쉬움과 간절함의 장면들까지가 내 글의 영점을 다시 고쳐 잡는 문장의 조건이다. 그것은 곧 삶의 조건이기도 하다.

그런데 그게 뭐 어떻다고? 책과 글을 향한 것이 아닐망정, 누구나가 등에 지고 살아가는 삶의 무게이기도 하지 않던가. 그것에 대한 승화 방략과 생존 전략이 누군가에게선 글쓰기일 따름이다. 그 이상의 현학과 관념의 레토릭은 내 역량도 아닐뿐더러 취향도 아니다. 글쓰기를 신비화하려 들지 말라던 황석영 작가의 말을 나는 이렇게 이해하고 있다.

하여 그 대답이란 것이 글쓰기 그 자체에 관한 것만은 아닌 것 같다. 그런 낭만적인 수사는 내게 어울리지도 않으며, 내 진심도 아니다. 시기 별로 변해 가는 수사의 습관조차도, 내게 있어선 치열하게 살아가는 삶의 현장이다. 개인적으로 좋아하는, 다음과 같은 들뢰즈의 어록으로 대신할 수 있을까?

삶이 개인적이지 않다는 바로 그 이유 때문에 글쓰기는 제 안에 목적을 갖지 않는다. 글쓰기의 유일한 목적은 삶이다. 글쓰기가 이끌어 내는 조합을 통해 삶을 유일한 목적으로 삼는다.

— 질 들뢰즈

문장의 조건
아직 쓰여지지 않은 글

글 민이언
발행일 2020년 2월 20일 초판 1쇄

발행처 다반
발행인 노승현
출판등록 제2011-08호(2011년 1월 20일)
주소 서울특별시 금천구 가산디지털1로 24 503호
　　　 (가산동, 대륭테크노타운13차)
전화 02) 868-4979　　**팩스** 02) 868-4978

이메일 davanbook@naver.com
홈페이지 davanbook.modoo.at
블로그 blog.naver.com/davanbook
페이스북 www.facebook.com/davanbook
인스타그램 www.imstagram.com/davanbook

ISBN 979-11-85264-40-0 03800

다반—일상의 책